對不起 ゴメンナサイ

YUKA HIDAKA
日高由香

目次

日高由香的自白

四黑殺稀涅怨羽死
詩鬼殺死血詞
刺苦死露子
紙夢孔羅巢齒
師比惡基露怪那士

心臟是輸送血液的幫浦
血液流經全身
血液停止流動肉體即死
動脈與靜脈
呼吸停止的呼吸
思考後才呼吸
吸氣吐氣吸氣
然後吐氣
吐氣、吐氣、吐氣

214211
131124

2死1231
013211
422121
121006
死死死死毆斬
骨 x w ＊＊死羅喇
w eri. 死死鉤忌頭死

一

我的名字叫日高由香。
我就讀於××縣某高中二年級。
接下來要說的故事，想必各位都會相當有興趣。故事並不長，且聽我娓娓道來。

我初次跟黑羽比那子同學有所關連，是在四月初的時候。
分班到了新班級一週後，我終於能輕鬆自在地跟其他同學聊天談話。我對坐在鄰桌，感情特別好的千春問了個問題。
「千春，妳一年級的時候好像跟黑羽同學同班對吧？」
「嗯，對呀。不過我跟她感情沒那麼好就是了。」
千春轉著鉛筆，回答我的問題。
「反正黑羽同學那樣子，也不會有人跟她特別要好吧。」
千春這麼說，將視線投向黑羽同學的背影。儘管現在是午休時間，黑羽同學依然獨自一人，乖乖地坐在她最前排靠窗的位子上。
大多數同學都跟各自要好的朋友一同討論下一節課的事，以及聊些其他無關緊要的話題。只有黑羽同學自己一個，像人偶一樣靜靜地坐在椅子上。還記得當我看到她一頭黑色長髮遮住後背，看起來幾乎沒在呼吸的樣子，令人不寒而慄。

我第一次見到黑羽同學是在成為同班同學之後。

一年級時因為所處教室在不同大樓，也不曾在走廊上擦身而過，在全校集會上我也沒見過她一面。

相信有人會對我為什麼能斷定自己沒看過黑羽同學而感到不可思議。

那是因為只要看過黑羽同學的外表一眼，你就絕對忘不了。

看來不到四十公斤的瘦弱軀體，以及彷彿沒照過陽光的蒼白肌膚，再加上滿是青筋、支撐頭部也略顯不足的細瘦脖子。

一頭黑髮雖長及腰間，但她好像沒在保養，明明是直髮，看起來卻略顯捲曲。五官雖有如能劇面具般端正整齊，眼窩裡那漆黑的眼珠，卻像開了兩個大洞。我想在學校裡要是有這種人，任誰看了都會留下印象。

「難道由香妳對黑羽同學有興趣嗎？」

「啊，不是啦。因為我是文藝社的，山下老師拜託我邀請黑羽同學入社這樣。」

「喔～原來是這樣……」

千春頻頻點頭，臉上彷彿寫著「原來如此」的字樣。

就像對千春說的，我受文藝社指導老師——山下老師之託，希望無論如何都要她加入社團。

為什麼希望黑羽同學入社呢？

那可是有理由的。

因為黑羽同學在一年級時，曾參加某間出版社所舉辦的文藝競賽，並獲得佳作。黑羽同學所寫的小說，內容描述某位對死亡有所憧憬的高中女生，讓同班同學全部自殺身亡的故事。據說，評審委員在決定是否要讓如此背離傳統道德觀念的作品獲獎時，而吵了一架。最後因為部分評審委員強力推薦該作品，黑羽同學也因此得獎。

一般來說，該類作品是不可能會得獎的。不過這可能也是黑羽同學的小說是一部傑出作品的證明。

在我們文藝社裡，參加該次文藝競賽的人之中，參賽作品的主題淨是圍繞在戀愛以及友情上頭。然後，我也寫了一部連自己看了也會感到害羞的愛情故事，跟其他社團夥伴在競賽上中箭落馬。

想必山下老師便是以此為由，才想拉攏黑羽同學加入文藝社吧。

山下老師自己也曾多次邀請黑羽同學入社，卻都被冷酷無情地拒絕了。然後成了萬中選一替死鬼的便是我。

當山下老師一知道我跟黑羽同學同班後，立刻瞪大他那充滿血絲的雙眼，抓著我的肩膀說。

「日高，無論如何都要想盡辦法讓黑羽比那子參加文藝社知道嗎？如此天分，這麼置之不理的話太可惜了。讓她加入文藝社，定期創作對她來說才是最好的。那傢伙一定能成為職業作家，絕對沒錯。」

聽著山下老師口沫橫飛地談論黑羽同學那部得獎作品，我毫無反駁能力，只能邊聽邊猛點頭。

看來山下老師讀過黑羽同學的小說後，變成她的書迷了。

因為黑羽同學的小說曾以獲獎作品之姿刊登在文藝雜誌上頭。

即使對她稍稍感到嫉妒，我依然屈服於山下老師的強烈請求，答應試著邀請黑羽同學加入文藝社。

二

「嗯，總之我先去跟她談談有關社團的事吧。」

我嘆了一口氣如此說道，走向黑羽同學的座位旁。

「黑羽同學，我有事想跟你說。」

她對我的話做出反應，微微地抬起頭來。

劉海搖晃，她漆黑的雙瞳透過髮間縫隙注視著我。

那大得異常的黑色圓圈，看起來就像兩個大大的窟窿。

黑羽同學長相絕非醜陋，但她纖弱的身材加上連血管都看得一清二楚的蒼白肌膚，卻被班上一部分的同學私底下譏笑稱為「幽靈」。

這可能是她總是獨自行動、體育課常常請假休息所造成的影響也說不定。

由於黑羽同學不回話，只好再跟她說一次我有事找她。
隔了好一段時間，雖然也才十幾秒，黑羽同學終於動了動她那乾燥的嘴唇。
「有什麼事嗎……」
她聲音聽來沙啞沉悶，有如從地底響起。
我一邊把目光從黑羽同學身上移開，邊問她是否願意參加文藝社。
她的回答只有短短一句話。
「我不參加。」
只有這樣。
就這麼推翻全部的一句話。
我聽她這麼說，馬上知道自己無法邀她加入文藝社。
「看來好像不行呢。」
千春對回到座位上的我這麼說著。
「嗯，不行不行。剛剛連一段對話都無法成立。」
「對方剛好是黑羽同學，那也沒辦法囉。」
千春露出苦笑，盯著黑羽同學的背影看。
「千春，黑羽同學她從一年級就是那樣嗎？」
「嗯，還有我跟她唸不同間國中，有件事我不知道是不是真的，但聽說她妹妹在她國三的時候就去世了。她之所以給人陰森的感覺，會不會跟那也有關係呀？」

「原來……有這麼一回事啊……」

「她雖然頭腦很好啦，但她那樣子高中生活可不好過。由香妳也想避免跟黑羽同學當朋友對吧？」

「是啦……」

我一回想起黑羽同學那像黑窟窿般的眼睛，全身就開始發抖。

那毫無光澤的黑色眼瞳，連眼皮也不眨一下，實在讓人無法認為她還活著。

放學時，向山下老師報告拉攏黑羽同學入社失敗後，我對再也不用跟黑羽同學有任何牽連之事鬆了一口氣。

就在黃金週假期結束，吹拂的微風開始帶來夏日氣息之際，我們班上發生了一件事。

身為班長的園田詩織同學，在班會時對黑羽同學興師問罪。

園田同學對全班所有人說，黑羽同學在體育課請假休息讀書，這樣的行為相當卑鄙。

我並沒看過黑羽同學上體育課時，不參加活動自己一個人在旁邊讀書之類的畫面。

我想其他同學也是一樣。

可是，卻沒人站出來反對身為班長、家境富裕而且擁有眾多跟班的園田同學所持意見。

任誰都能發現，園田同學之所以敵視黑羽同學的原因，正是因為黑羽同學在之前的考試中獲得第一名。

這事我後來才得知，但聽說園田同學在一年級時，成績總是常保全班第一名的樣子。

不過園田同學在這次考試中，只差了黑羽同學一名，得到第二名的好成績。對勉強才能考超過平均分數的我來說，這兩位都相當厲害。但是，對於自尊心高傲的園田同學而言，這顯然令人無法原諒。

園田同學想要編造自己會輸給黑羽同學的理由，其言詞還相當辛辣。

園田同學言下之意，除了體育課缺席之外，在沒有重要科目授課的日子請假不來學校等等，黑羽同學的這些行為，全都像是為了偷偷讀書所做。

既是班長、受到師長喜愛，身邊也有許多夥伴的園田同學。

對照總是孤單一人、沒有朋友的黑羽同學。

班會也漸漸成了黑羽同學的批鬥大會。

「就算再怎麼會讀書，我認為蹺掉體育課並不是件好事。」

「有一次我跟黑羽同學被分配工作打掃環境，結果她一個人先離開，害我不得不一個人留下來打掃。」

「明明請了那麼多假，只有考試的時候一定會來學校。」

「對呀對呀，頭髮那麼長，是不是也違反校規啊。」

男生也開始跟著起鬨、嘲笑黑羽同學。

「黑羽同學，這樣妳有話要反駁的嗎？」

園田同學露出得意的笑容，往下看著黑羽同學。

她站在講臺上的模樣，再加上宛如模特兒般的容貌以及勻稱的身材，可謂是班上的女王。

那時候，至今毫無動靜的黑羽同學一聲不響，緩緩地從座位上站起身來。吵鬧的教室一瞬間回歸寂靜。

黑羽同學慢慢地張開口說話，一切都有如慢動作一樣。

「抱歉……」

聲音乾枯不帶有感情。

音量明明很小，坐在教室角落卻也能清楚聽見她說什麼。令人感覺不舒服。

黑羽同學說了這麼一句話後，彷彿事情已全部結束般，拎著書包離開教室。

全班約沉默了一分鐘後，教室就像刺到蜂窩般掀起一陣騷動。

在講臺主持議程的園田同學滿臉通紅，置於講桌上的雙手緊緊握拳，不停地顫抖。

如果黑羽同學在當下反駁，園田同學應該打算繼續欺壓她吧。

平常笑容滿面，行為舉止優雅高貴，但此時園田同學卻皺起眉頭、咬牙切齒，程度之激烈令人擔心她的嘴唇會不會就這樣咬出血來。

藤田跟宮內同學這兩個小跟班，不知道該如何是好，湊上去跟園田同學搭話。

「黑羽同學只要哭一哭，展現她脆弱的一面不就好了嗎？」

坐在隔壁的千春以左手遮住我的嘴巴，回答我自言自語所提出的問題。

「啊——黑羽同學她才不會搞演戲那一套啦。」

「可是，這樣下去會一發不可收拾的。」

我偷偷瞄了歪著嘴跟兩個小跟班談話的園田同學一眼。

那模樣看來有如惡鬼。

「看來這會是一場惡鬼跟幽靈的戰爭囉。」

千春開玩笑地如此說道。

當下我心裡雖感到些許不安，但我跟千春想法相同。

這跟我們無關。

班上可能會有一陣子不太平靜，但這也是家常便飯。

但我萬萬想不到，這竟然會演變成如此恐怖的事件。

三

隔天，園田同學馬上開始找麻煩。

園田同學的小跟班——宮內同學警告我們別跟黑羽同學交談，並再三要求我們跟園田同學站在同一陣線。我跟千春本來就是牆頭草，風大就往哪邊倒，跟黑羽同學也並非特別要好。

我們跟其他女生一樣，答應要站在園田同學那一邊。

有了班上全部女生當靠山的園田同學，讓黑羽同學在班上徹底孤立無援。話雖如此，看來這波攻擊對總是獨自行動的黑羽同學並沒造成什麼傷害。

這樣一來，園田同學便採取了更直接的行動。

最初是命令跟班去撕毀黑羽同學的教科書、筆記本，將她的體育服藏起來等程度的惡作劇。但園田同學看她仍然不為所動，轉而利用負責教授體育的沖野老師。

沖野老師是個年輕男老師，打從一開始就對園田同學特別好。

一聽到喜愛的園田同學對黑羽同學時常在體育課請病假的行為頗有微辭後，沖野老師便對黑羽同學提出口頭告誡。不知道老師是否想裝個樣子給園田同學看，與其說是告誡，倒不如說是斥責。

「其他同學就算身體有點不舒服，也都忍著不適上課。我可不能只對黑羽妳有特別待遇喔。」

沖野老師雙眼炯炯有神，瞪著希望體育課想好好休息的黑羽同學。

園田同學一臉高興地看著這幅景象。她的表情就跟玩弄老鼠於掌心之間的貓一樣。

從此之後，縱使黑羽同學身體狀況再怎麼差，也無法於體育課請假休息。她那柔弱的身體看似還能承受這一切，現在也以一副要倒不倒的樣子參加馬拉松或球類運動。

過了一星期後，黑羽同學的身體開始產生變化。

持續的直接攻擊行為果然對黑羽同學的肉體造成無比的負擔。已經夠瘦弱的軀體如今更加纖細，肌膚的色澤也從蒼白變得有如枯木。

我曾在體育課前看過黑羽同學換衣服，她的肋骨清楚浮現，簡直就像木乃伊。秀長的黑髮也因壓力開始掉落，其中更混有白髮。

黑羽同學座位底下也掉著幾十根黑色長髮，負責打掃教室的同學看了也覺得相當不舒服。

事情發展至今，也有部分女孩出聲，提議不要繼續欺負黑羽同學了，我跟千春也舉手贊成該項提議。

因為我有預感，再這樣下去的話，會鑄成無法挽回的大錯。

可是，園田同學並沒有聽進去。她堅持直到黑羽同學向全班道歉之前，都要持續肅清矯正。

園田同學一開始個性並非如此。

於同學間具有相當人望並當上班長的她，為何會變成這樣？

說不定有部分問題正出在黑羽同學身上。

我想，黑羽同學身上有著一股讓人精神狀態惡化的特殊魔力。
就這樣，整起事件便如此越往壞的一方發展。

當天班會，全班在討論秋天校慶時，班上要舉行什麼活動。就在咖啡廳、鬼屋等老套傳統聲浪中，園田同學提議班上來演出一齣話劇。

「劇本的話，我當然想請黑羽同學來負責撰寫。畢竟她曾在文藝競賽中獲選佳作呢。」

園田同學站在講臺上，以冷酷的眼神向下瞧著黑羽同學。

「那不錯嘛。連專家都認同黑羽同學的小說了，想必話題性十足對吧。」

宮內同學這小跟班，自然而然地覆議主子的意見。

「劇本交給成績優秀、又具有文采的黑羽同學撰寫，想必我們班的活動在校慶上一定是最受歡迎的。」

園田同學笑笑地看著在位子上默不作聲的黑羽同學。

那微笑絕不帶有善意，而是肉食動物發現獵物時的殘忍笑容。

黑羽同學既不接受、也不拒絕園田同學的提案，就像個擺設品般目不轉睛地凝視園田同學。

「看、看來黑羽同學也沒有異議呢。如果有人有其他意見，還請發言。」

園田同學趕緊將視線從黑羽同學身上移開。

看來縱使自己處於優勢地位，她也不願多看黑羽同學那令人不舒服的雙瞳一眼。隨後雖另有其他人提出不同方案，但班上大多數還是贊成園田同學的提案。或許她事先就跟感情比較好的同學套好招了。

坐在隔壁的千春身體靠過來對我說。

「我說啊，就算是要演戲，讓由香妳來寫劇本不是也很好嗎？妳還是文藝部的耶。」

「嗯——如果寫的劇本不受大家喜歡，我也不想被人指指點點的。再說那就是園田同學的目的呀。」

「不過其他人也可以提名妳去寫劇本呀，他們真冷淡呢。」

「那也沒辦法呀。黑羽同學可是有得過獎的。」

雖然口頭上這麼回答千春的問題，但我依然心有不甘。我都參加文藝社了，我當然喜歡寫小說，也喜歡看書。

我自認為我讀的小說量，比起千春以及其他同學多了十倍以上。而且，我也多次投稿自己所寫的小說。

我參加過少女向輕小說徵稿比賽，也曾向手機小說獎投稿過。雖然我每次都很可惜地中箭落馬。

可是黑羽同學沒參加文藝社，卻在比賽中得獎。

如果是我不認識的、或是比我年長的人那就算了。但對方跟我一樣年紀、一樣班級，而她還不是文藝社的，相信各位也能理解我為何感到如此不甘心了。
總有一天，我要寫出比黑羽同學還受歡迎的小說作品。
在小說這塊領域我不想輸！
就在班上持續討論校慶相關事宜時，我獨自一人想著這些。
結果班上活動便決定是演話劇了。
園田同學當導演，小跟班宮內同學當副導。然後劇本正如園田同學所提議，是由黑羽同學撰寫。
我想應有為數不少的人發現這是園田同學的全新霸凌手法才是。
園田同學應該是想讓黑羽同學寫劇本後，再刻意刁難她吧。
同樣身為小說寫作者，我雖對黑羽同學感到嫉妒，但我也相當同情她。雖然她本人的個性也是原因之一，但她不應該受到如此迫害才對。
但是，我錯了。
同情這檔事，是居上位者對下位者所做之事。
那並不是像我這種人對黑羽同學所該抱持的情感。
黑羽同學她是個天才。
不，我用天才這字眼來形容她對嗎？
她只不過是對班上成績有所堅持的園田同學所無法互相抗衡之人。
對……就是個人而已……

隔天黑羽同學便開始動筆寫劇本。
下課休息時間……午休……放學後……
只要有空閒，她就手握自動鉛筆於筆記本上振筆疾書。
透過黑髮縫隙看得見她雙眼紅腫，令人猜想她晚上是不是也沒睡而在寫劇本。
某天放學後，班上剩我跟黑羽同學兩人時，我找她攀談。
對她那隨時都快倒下的樣子，我已經看不下去了。
「黑羽同學，我勸妳還是別繼續寫劇本比較好喔。」
一聽到我的話，黑羽同學那握著自動鉛筆的右手停了下來。
「無論妳寫出怎樣的傑作，反正園田同學她們也會找妳麻煩，沒用的啦。」
「……沒用？」
「園田同學她們的目的並不是要上演一齣好戲，而是欺負妳啊。」
當時黑羽同學嘴角上揚，發出不帶有情感的笑聲。
「這種事……我當然知道……」
「那妳就別——」
「所以，我才在寫這部作品……」
黑羽同學話一說完，把視線從我身上移開回到筆記本上。
我無法繼續說下去。我只能呆呆地看著黑羽同學有時突然發狂般大笑。從窗外照進來的夕陽，將黑羽同學的一身制服染為橙色。

但不知道為什麼，那道光在我看來卻像血河。

黑羽同學她有問題。

明知園田同學不會認同她寫的劇本，她依然在燃燒自己的生命創作劇本。還是說，寫作非得這麼拚命不可呢？

要催生一部作品，就得這麼辛苦嗎？

這跟在讀書求學之間，寫寫小說轉換心情的我完全不一樣。我感覺好像目擊到了自己跟黑羽同學的不同之處。

兩天後的午休時間，不知道是對持續書寫劇本感到不耐煩而火氣上來了，被指名為副導的宮內同學搶走了黑羽同學的筆記本。

「寫到一半也沒關係，劇本就先讓我看看吧。要是有什麼問題剛好可以馬上改。」

宮內同學如是說，開始翻著筆記讀起劇本。

園田同學悠然自得地看著她們。看來她的目的是先指使宮內同學去找碴，迫使黑羽同學不斷重新改寫劇本。

在教室裡的同學對此也都相當感興趣，在遠處圍觀，等著看宮內同學怎麼批評黑羽同學寫的劇本。

然而，這時卻發生了令人意想不到之事。

最初宮內同學只是嘟囔著「字好醜」之類的話。但她隨後變得沉默，開始認真地讀起寫著劇情的筆記本。

數分鐘過去，什麼事也沒發生。宮內同學只是瞪大眼睛逐字讀著筆記本。

最一開始感到不可思議的，想必是園田同學吧。

我想，這是因為這次計畫的用意，應該是趁午休對劇本提出意見才對。

但是宮內同學卻認真地讀起黑羽同學的劇本。園田同學凝視著宮內同學，見到跟班做出背叛自己的舉動，難掩臉上驚訝神情。

教室裡也變得安靜，唯一聽得見的，是宮內同學讀著劇本的呼吸聲。

此時門突然打開，來上今天第五節課的××老師進到教室裡。

「好啦，上課鐘都響啦。趕快回位子上坐好。」

隨著老師喊話，所有同學就像身上的魔法失效般紛紛開始動作。

唯獨宮內同學以外……

「喂宮內，妳也快回位子上坐好。幹什麼啊妳？」

××老師一把抓住宮內同學的肩膀，她才貌似回過神來，眼神恍惚地回到自己的座位。

她右手緊緊握著黑羽同學的筆記本。

「來，準備開始上課囉。」

老師的話聽來凶狠不客氣，我趕緊拿出教科書來。

開始上課二十分鐘後，我第一次感到有什麼不對勁。

在××老師拿著粉筆在黑板上寫數學算式，在粉筆敲擊黑板的聲音中，我聽見急促不規律的呼吸聲。

「呼……呼……呼……」

除了用力深呼吸的喘息聲外，其中更混雜一種彷彿喉頭卡住，聽來十分詭異的痛苦呻吟。

發出聲音的是宮內同學。

她兩手抵著喉嚨，嘴巴鬆開。

張大的嘴巴裡就像出血一樣染得鮮紅。

宮內同學的周遭鄰居也開始不安分起來。

××老師發現臺下引起騷動，立刻趕到宮內同學身旁。

「喂、喂宮內，妳怎麼了！」

宮內同學並沒有對老師的聲音做出任何回應。

她只是瞪大眼睛持續呼吸。

有人看見宮內同學這副模樣，便放聲慘叫。

「快來人去保健室找伊藤老師過來！」

經××老師這麼一喊，有幾位男同學立刻衝出教室外頭。

我看著宮內同學相當痛苦流淚的樣子，不禁全身顫抖。

宮內同學臉部歪曲，肌膚也開始轉為紫色。

××老師也不知該如何是好，只能拚命地摩擦宮內同學的背部。

數分鐘後，保健科的伊藤老師跟山下老師一同出現在教室裡。

看來前去呼叫伊藤老師的男同學碰巧在走廊上遇到山下老師，山下老師得知班上出事，一同前來查看。伊藤老師一看宮內同學這樣子，立刻發揮保健科老師本色，迅速下達指令。

「把她從椅子上扶下來。還有，哪位同學有紙袋？這可能是過度換氣症狀。另外記得叫救護車。」

教室裡頭充滿哭聲以及尖叫聲，形成不小的騷動。園田同學跟另一個小跟班看著宮內同學痛苦的模樣，臉色鐵青。

隨後窗外便傳來救護車的警鈴聲。

當下其他班級的同學也紛紛聚集在走廊，連校長也現身關切，這起意外發展成撼動全校的大事件。

結果，宮內同學以紙袋就口的狀態被抬上擔架送醫。

之後聽老師說，她好像住進了本市最大間的醫院。

四

當天第六節課改成自修。

想當然沒有人認真讀自己的書。每個人都跟自己附近的同學討論宮內同學的事故。

不，有一個人例外。

那就是黑羽同學。她看起來對宮內同學的意外絲毫不覺得在意，獨自一人在筆記本上寫東西。

我看她那樣，想起宮內同學當初手上拿的筆記本。

在宮內同學發作前，她手上應該拿著黑羽同學撰寫的劇本才對。

我悄悄站起身，靠近宮內同學的座位。避免引起其他人注意，我隨意翻著她座位上的抽屜。

但我卻沒發現筆記本。

我從遠方確認黑羽同學現在謄寫的筆記本，跟現有劇本的外觀造型不一樣。

那本筆記本到底跑哪去了？

我隱隱約約地認為，會不會是那本筆記把宮內同學害成那樣的呢？

當天放學後，我為了參加社團活動，前往文藝社的社辦。

毫無意外，社團裡的學長姊每個人都向我詢問今天班上發生的事。

因為救護車警鈴大響，使得宮內同學出事的消息全校皆知。

我一邊回答學長姊的問題，心裡一直掛念著黑羽同學的筆記本。

如果照原定計畫走，宮內同學本該大肆批評黑羽同學寫的劇本才是。

但宮內同學卻忘了她家主子園田同學的命令，反而認真讀起劇本。

要是各位有寫過小說或劇本等創作經驗，就一定知道這是多麼了不起的一件事。

就連擺在書店架上的書，只要你想批評，都能暢所欲言。

「這書是寫給小孩子看的吧。」

「這故事我好像在哪看過。」

「這不合我的胃口。」

就算是暢銷書，或得過知名文學獎的作品，讀者總是能說上幾句、抱怨一下。

然而宮內同學卻辦不到。

原本打算對黑羽同學寫的劇本找麻煩，宮內同學卻在一瞬間變得熱衷起來。

雖然功力還不到家，但我也是個小說創作者。

連在職業作家的作品上都不可能發生的事，如今在黑羽同學的劇本上實現。心頭上那股不可置信的感受以及嫉妒心更加劇烈。

然後，我想自己親身確認。我想要讀讀看。

如此想法占據我的腦海。

「話說山下老師會不會太慢了啊？今天可是我的作品檢討會耶。」

其中某位學長開始抱怨社團顧問的山下老師為何過了原定時間卻尚未出現。

「老師們應該在討論今天發生的事情吧。」

另一位學長如是說，嘆了口氣後望向我這裡來。

待在社辦裡越來越讓我覺得尷尬，我只好自發性地說「我去叫老師來」，起身離開文藝社社辦。

當我進到位於一樓的教職員辦公室後，發現裡頭一片寂靜。一般來說校長以及訓導主任應該都會在，但他們去了宮內同學所在的醫院也說不定。

夕陽已逐漸西下，室內卻沒開燈。在稍稍陰暗的辦公室裡，時光彷彿停止流逝。

這時我感到裡面好像有人在。

是山下老師。

山下老師坐在椅子上，好像正認真地讀著什麼，完全沒發現我向他靠近，依然一臉專注地看著筆記本。

筆記本……

那是黑羽同學的筆記本。

我以雙手遮住嘴巴，以防自己大叫出聲。

在宮內同學發作時，山下老師曾跟保健科的伊藤老師一同進到教室裡來。

看來老師是在那時拿到筆記本的。

雖然山下老師不可能知道那就是黑羽同學的筆記本，但宮內同學說不定在發作之前，還把筆記本攤在課桌上讀。

事情發生當下，大多數人目光應該都集中在宮內同學本人身上。但山下老師可能是看了她桌上筆記本的筆跡後，察覺那是黑羽同學所寫而產生興趣吧。然後老師就跟宮內同學一樣，在一瞬間便認真地讀起劇本。

我在陰暗的教職員辦公室裡，聽著老師那規律具有一定節奏的呼吸聲。

我站在山下老師身後，隔著老師肩膀偷看了筆記本。那時，老師也貌似察覺到我的存在，轉頭過來。

「哇。什、什麼啊，原來是日高啊。怎、怎麼了嗎？」

山下老師一臉慌張，拭去額頭上的汗珠，自然地闔上黑羽同學的筆記本。

「老師，那是黑羽同學的筆記本對吧？」

「啊，對啊，沒錯……」

山下老師面帶難色地回答我的問題。

「我一看這筆記本放在宮內桌上，馬上就知道是黑羽的東西了。」

老師搔搔頭，眉間緊皺。

「我剛剛稍微讀了一下，這可不是話劇劇本啊。」

「不是……話劇劇本？」

「嗯，雖然是以小說風格寫作，但這個是……」

老師話說到一半後變得沉默。

那不是劇本？

那黑羽同學寫了些什麼？

宮內同學是讀了什麼內容才會變成那樣？

那本筆記本裡到底有著什麼……

「老師，也請讓我讀讀看黑羽同學寫的劇本。」

我不假思索地抓住山下老師手中的筆記本。

宮內同學在發作前一定還在讀黑羽同學所寫的劇本沒錯。

雖然感到害怕，但我無論如何都想讀讀黑羽同學的作品。

「不行，這玩意可不能讓妳們看。」

山下老師甩開我的手，以嚴肅的口氣如此說道。

「這不是部好作品，也不是給未成年人讀的東西。」

「不過那是班上預計在校慶演出話劇使用的劇本，全班同學都得看過才行。我自己先看過一遍不也沒關係嗎？」

「別開玩笑了！我禁止妳們讀這劇本。這句話記得跟妳們班上的人講。」

山下老師動怒大罵後，便背對著我將筆記本收進抽屜。

黑羽同學所寫的劇本真是那麼危險的東西嗎？

雖然殺人場景的描寫對未成年人說或許不恰當，但那只是文字而已，並非影像。

我沒聽過有什麼劇本是未成年人不能看的。

我雖對山下老師那令人不解的指示覺得驚訝，自己的視線卻一直落在藏有筆記本的抽屜上。

五

隔天，我向班長園田同學轉達山下老師的命令。

園田同學因為跟班宮內同學變成那樣，臉色看起來並不大好。但她一聽到「黑羽同學寫的劇本不能用」這句話時眼睛頓時一亮，露出滿足得意的笑容。

「這樣啊……既然文藝社的山下老師都這麼說了，那也沒辦法了。」

園田同學裝模作樣地嘆了口氣，走向跟班藤田同學身旁。

她們想利用這點更加譴責黑羽同學吧。

看來，園田同學認為是因為黑羽同學撰寫的劇本中，含有殘酷劇情之描述，山下老師才禁止我們閱讀的。

事情偶然如此發展，對園田同學來說可是值得高興。

假使山下老師不禁止我們閱讀黑羽同學寫的劇本，園田同學或她的跟班就會找碴，要求黑羽同學劇本重寫，藉此一點一滴地踐踏黑羽同學的自尊吧。

她們就這樣，渾然不知她們找麻煩的對象是多麼可怕。

到了班會時間，園田同學立刻向黑羽同學宣布，山下老師曾下令要求大家不得讀劇本一事。

「所以，我想拜託黑羽同學寫新的劇本。雖然我還沒讀過劇本，不好說些什麼。

但這是文藝社山下老師的指示，也沒辦法囉。」

園田同學一臉惋惜地嘆了口氣。

她皺起眉頭，貌似傷心難過，眼裡看起來卻閃閃發亮。

「我馬上就重寫。反正那也只是個未完成品……」

黑羽同學回話後，園田同學露出潔白的牙齒微笑著說。

「那就拜託妳囉，全班同學都很期待曾在文藝競賽獲得佳作的黑羽同學實力喔。」

園田同學玩著她那一頭波浪捲髮，回到自己的位置上。

直至此時，園田同學應該深信一切都照著自己的計畫在走吧。園田同學看著黑羽同學的眼神，充滿著自信。

那對充滿自信的眼神蒙上陰影是兩天後的事了。

原本住院的宮內同學過世了。

導師在班會告訴我們這項消息。

死因為窒息死亡，但原因好像不明。

宮內同學的雙親在半夜接到通知趕到醫院前，她已經死了。宮內同學臉部發紫，喉頭處有激烈搔抓傷痕的樣子。

這事在教室引起軒然大波。

園田同學也以雙手遮住嘴巴，臉色鐵青。

在班上亂成一團的時候，唯獨黑羽同學坐在位置上，一點反應也沒有。
這時候，我能確定。
殺了宮內同學的，是黑羽同學。
雖然我不知道她用了什麼方法，但宮內之所以會死的原因就在那本筆記本裡面。
不，正確來說的話，死因就在寫在那筆記本上的劇本裡。
黑羽同學對劇本下咒，讓讀了劇本的人都會死。
我是這麼認為的。

當天午休。
我對好朋友千春述說自己的想法。
「千春妳對這類怪力亂神的東西還挺瞭解的吧？世界上真的有詛咒這種東西嗎？」
千春稍微抓抓頭回答我的問題。
「也稱不上瞭解啦，我只是多少有在書本上看過。不過，詛咒可是真的存在唷。」
千春直言斷定。
「真的嗎？」
「嗯，比如說……」
千春環顧教室裡，用手指著黑板。

「要是黑板上寫著『由香去死吧』的話，妳有什麼想法？」
「我、我嗎？那當然很可怕啊。那也表示有人恨我對吧？」
「嗯，沒錯。光是這樣妳就會覺得不舒服了。那假設有個寫著由香名字的草人，用五吋釘釘在黑板上的話呢？」
「……」
「要是看到寫著自己名字的草人，任誰都會覺得不舒服。還有人會真的因此心情不好呢。」
「說的……也是。」
「重點就在看對方到底有多憎恨自己。在黑板上寫壞話花不了十秒，紮草人就很費時了。一旦想到對方恨自己恨到偷偷地把寫著名字的草人釘在黑板上的話——」
「……」
我光在腦海想像寫有自己名字的草人就全身發抖。
「這就是詛咒的真面目。人類啊，可是相當脆弱的生物呢。我想也會有人知道自己被詛咒後，就一整個變得不對勁呢。」
「……的確如此。」
「不過這起事件看來並不像我說的那種小家子氣詛咒，說不定那是跟現今已知的下咒方式不同的全新類型呢。」
「全新類型？」

「嗯，像宮內同學那樣會突然呼吸困難的，實在讓人難以想像。還是那單純只是巧合罷了。」

千春看向坐在最前排，正在撰寫新劇本的黑羽同學。

「我是覺得當成巧合比較合乎現實常理啦。我雖然感到遺憾，但宮內同學只是偶然過世了。」

「偶然……」

「不管怎樣，都得先看過黑羽同學的劇本一次。筆記本在山下老師座位的抽屜裡對吧？」

「嗯，不過那要是真的有下咒的話——」

千春笑了出來，可能是因為我表情相當嚴肅吧。

「由香妳不懂啊。妳剛剛有仔細聽我說話嗎？這對理解詛咒原理的我是無效的啦。就算那劇本真的有什麼，我只要不繼續看下去就行了。」

聽千春這麼說，我雖然感到放心，心頭上仍有絲毫不安。

當課堂結束，園田同學開始收拾東西準備回家。

看來她因為宮內同學過世受到了不小的打擊。以往那副自信滿滿的態度如今黯淡無光，臉色看起來也不太好。她深深地嘆了一口氣，站起身來，以搖晃不穩的步伐打算離開教室。

當她打開教室門的那一瞬間，黑羽同學突然抓住園田同學的手。
「哇！」
園田同學小小尖叫了一聲。
「新的劇本寫好了，妳拿去看看。」
黑羽同學小聲地說著，遞出另一本筆記本。園田同學為了掩飾她被嚇到的樣子，以一種明顯是在故做鎮定的表情開口說道。
「這、這樣啊，動作那麼快真是太好了。不過我人現在不太舒服，我會先請藤田同學過目。宮內同學發生那種事後，我就請藤田同學擔任副導了。」
「是喔。那園田同學等妳身體好了以後，要記得讀一遍跟我說感想喔。」
黑羽同學話說完便回到自己的座位上。
園田同學不舒服地看著黑羽同學，把剛剛收下的筆記本交給藤田同學後，快步逃離教室。
新劇本……
難道那劇本也被下了咒嗎？
我用眼睛對鄰座的千春示意後，站起身來向拿著筆記本的藤田同學攀談。
「藤田同學，我勸妳最好不要讀那劇本比較好喔。」
「什麼？我可是副導耶，還是被班長園田同學直接指名的耶。」
「不是啦，跟那個沒關係啦……」

我正煩惱該不該提起詛咒一事時，藤田同學她好像誤會了些什麼，以生氣的表情開口對我說。

「有人看到妳之前跑去跟黑羽同學講話喔，妳是站在她那邊的對吧。」

「不、不是……」

「算了，反正我也沒必要聽妳的命令。」

藤田同學如是說，將筆記本收進書包走出教室。

「失敗了呢。」

我點點頭回應千春的話。

這樣一來，我只能好好祈禱宮內同學之所以過世並非詛咒，只是單純的偶然。

當晚，我馬上在網際網路上搜尋有關詛咒的資訊。

首先讓我感到驚訝的，光是只搜尋「詛咒」兩字，便有兩百八十萬件以上符合的網站。先不管這東西是否真實存在，看來這真有為數不少的人對詛咒抱持著興趣。

其中有幾個網站更實際介紹下咒的方法以及真實案例。

國外曾經發生聽了一位歌手的某首歌曲的民眾相繼自殺身亡的案例，導致當地政府禁止聆聽該首歌曲。

四年前更有一起案例，是某間神社曾發現境內有數十個草人，其中被詛咒者身上長出巨大腫瘤。

當時的報章雜誌更附有當時該事件的相關圖片，足以證明此事並非虛構。

光是看著釘有五吋釘的草人，以及噁心的腫瘤圖片，就感覺好像自己也被詛咒了一樣。

在這之前，我完全不相信有詛咒這回事。要不是發生這件事，看著這些詛咒網站我可能還會覺得好玩。

跟多數人所感受的一樣，像是詛咒這種讓人感到害怕的東西，反而有股吸引人的魔力。

我本身也喜歡看驚悚片、閱讀驚悚小說，來享受「恐怖」的感覺。

不過，一旦那些事都降臨在我身上的話……

同班同學是因為詛咒而死的話……

正因為不相信有詛咒，才能充分享受恐怖的樂趣。

如今我相信這世界上有詛咒這回事。

有著只是為了嚇唬別人的假詛咒。

也有刻意讓對方知道自己被下咒，使得對方身心不舒服的詛咒。

還有跟上述兩者不同，現實生活中真的有足以致人於死地的危險詛咒。

我在自己房間正中央跪下，雙膝併攏雙手合十祈禱。

祈禱黑羽同學所寫的並非貨真價實的詛咒。

祈禱藤田同學不會步上宮內同學的後塵死去。

我穿著睡衣拚命祈禱的樣子，在別人眼裡看來想必相當滑稽。

但是我非常認真嚴肅。我平常並不信神佛，但我在心理精神層面已快無法承受，如今只能求神拜佛。

隔天早上當我一進到教室，看到藤田同學提高音量對黑羽同學大聲說話。看到藤田同學平安無事的樣子，我感到安心，並豎起耳朵聆聽她所說的話。

「虧妳還有辦法寫出這麼噁心的劇本，害我讀到一半整個人不舒服了起來。總而言之這樣的劇本不納入考慮，寫點比較能看的東西來吧。」

藤田同學把筆記本摔向黑羽同學桌上，回到自己的座位。

當我坐在自己的位子上，千春馬上對我說。

「藤田同學好像沒事。」

「嗯，看來那跟劇本無關呢。」

「應該無關吧。就算真的有詛咒這種東西，除非是在拍恐怖片，不然咒殺別人是不可能的啦。」

我也贊同千春說的話，鬆了好大一口氣。現在想起來昨天晚上搜尋有關詛咒的資訊，還拚死命祈禱那樣子真是可笑。縱使詛咒真的存在，那也跟我們毫無關係。我居然還以為同班的黑羽同學利用詛咒殺了宮內同學。

看著我如此放心的樣子，千春笑了。

「看來由香妳真的很擔心她呢。」
「當然會啊，還不是因為千春妳說詛咒是真的！」
「哈哈哈，抱歉抱歉，我不知道妳會那麼在意嘛。」
聽著千春的笑聲，過了這麼久，我的心終於舒坦，鬱悶一掃而空。

當天晚上，我把教科書攤在桌上，與不拿手的算式搏鬥。
最近這幾天因為黑羽同學的事，我課前既沒預習，課後也沒複習。再這樣下去的話，能預見下週測驗我成績退步的慘況，得趁現在多讀點書才行。
大概是在過了晚上十一點左右，放在桌上的手機突然響了起來，螢幕上顯示「千春」兩字。
我按下通話鈕，拿起手機接聽。
「呼……呼……呼……」
我聽到詭異的喘息聲。
我當下打算立即掛斷電話——但我隨即便想起來這是千春打來的，於是急著出聲說話。
「千春，妳怎麼了啊？」
「呼……呼……由、由香……」
千春聲音聽來她非常難受，彷彿已陷入缺氧狀態。

「千春、千春！」

「我、我從山下老師……抽屜……讀了……黑羽同學寫的……」

「妳讀了黑羽同學寫的劇本！為什麼！」

「由香、妳絕對……不能看……」

千春說完之後，電話那段只傳來喘息聲，隨後通話結束。

我馬上尖叫衝出房間，說服父親開車前往千春家裡。

千春千春千春千春千春……

我在心裡不斷默念千春的名字，雙手合十祈禱。

希望這只是她在開玩笑。

要是千春死了，我……

隨後我看到千春家門前停著救護車，車子開著警示燈，一閃一閃地發亮。

我下了父親的車，映入眼簾的即是千春躺在擔架上被運走的樣子。

臉上表情扭曲痛苦，看一眼就知道她早已沒了呼吸。

一看到千春那樣，我當場失去意識。

六

打從那天以來，約有三天的時間我無法振作起來，只能躺在床上。我也無法參加千春的葬禮，只能以淚洗面。

千春她是我在班上最好的朋友。

就算我寫的小說被文藝社學長姊批評得一無是處，她依然讚譽有加。

也是她教我所不擅長的數學。

如此重視、要好的朋友之所以會死，責任都在我身上。

只要我不跟千春提起黑羽同學筆記本之事，她就不會從山下老師的抽屜裡竊取劇本一窺面紗才對。

我躺在床上幾乎無法入睡，食不下嚥。

千春的遺容深深地烙印在我腦海裡。

她的容貌並不如以前我在奶奶葬禮上所見般安詳，表情痛苦而扭曲。嘴巴撐開的程度有如下顎脫臼。

舌頭發紫，腫脹肥大。

千春生前儀容美麗端莊，如今卻死相淒慘。

這就是痛苦而死之人真正的樣貌嗎？

我向學校請假在家休息，有幾位同學擔心我而寄了郵件給我。

其中絕大多數都是慰問郵件，文藝社學長寄的郵件內容可不一樣。信上說的事，讓我備感震撼。

上頭寫著山下老師過世了……

我硬撐著虛弱的身體，起身回覆郵件給學長。

學長捎來的郵件上面寫道山下老師的死因同樣令人不解。

根據現場目擊學生所說，山下老師掐著自己的喉嚨，從學校屋頂一躍而下，如今研判老師為一時衝動想不開而尋短。

我知道他並不是自殺的。

山下老師也是看了黑羽同學的筆記本而死的。

他是黑羽同學殺死的。

千春也是一樣。

宮內同學也是一樣。

我拿出班上的聯絡網尋找園田同學的手機號碼。

我馬上就找到了她的號碼。

因為她是班長，號碼被寫在最上面，上頭也有她的電子郵件信箱。

我馬上打電話給園田同學。黑羽同學的目標應該就是園田同學。

園田同學迫害黑羽同學為一事實，但她也不能因此殺害園田同學。撥號聲響過數回後，園田同學接起電話。

「日高同學？」

手機傳來園田同學的聲音。

「嗯是我，我有很重要的事要跟妳說。」

應該是我口氣聽來認真，園田同學才願意聽我說下去。在我說話的時候她雖然保持沉默不語，卻沒掛斷電話。

我對她說明只要看了黑羽同學寫的劇本，就可能會死。

當我提到千春的時候，雖淚流滿面、說話哽咽，我依然盡全力向園田同學說明這一切。

然而，園田同學的反應卻相當冷淡。

「怎麼可能會有那麼愚蠢的事。藤田同學她跟我說過了，我知道妳跟黑羽同學可是很要好的。」

「不對，不是那樣的。」

「誰知道呢。說不定妳是跟黑羽同學掛勾，打電話來嚇我呢。」

「我說的是真的，這世界上真的有詛咒存在。千春她也是看了黑羽同學的劇本才死的。」

「我當然知道千春同學她死了，但聽老師說她是病死的。」

「她才不是病死的，而是受到黑羽同學詛咒死的。拜託妳相信我。」

「算了，如果妳是黑羽派的，我也有我自己的想法。還有我建議妳最好不要在別人面前講什麼詛咒之類的東西，不然妳會沒朋友的。」

園田同學話一說完立刻掛斷電話。事後我又撥了幾通電話給她，她沒一通接起來過。

如此一來，我只能當面警告園田同學。

我心裡頭這麼想，決定明天去學校一趟。

隔天，即使身體狀況不佳，我依然強忍下來前往學校。

我無論如何都想阻止班上同學再度成為死者。

我一進到教室，黑羽同學跟園田同學談話的光景映入我的眼簾。園田同學手上還握著一本筆記本。

我立刻趕到兩人身旁，將黑羽同學的筆記本敲落在地。

「日高同學，妳幹什麼？」

園田同學憤而提高音量。

「妳不能讀黑羽同學寫的文章，讀了會死的。」

「妳怎麼還在說那種話？該適可而止了吧。」

園田同學一臉不悅，拾起掉在地上的筆記本。

「妳要是那麼堅持的話，我就證明給妳看根本不會發生什麼事。」

園田同學邊這麼說，準備打開筆記本時，教室的門突然打開，班上的女同學慌慌張張地衝進來。

「出事了，藤田同學今天早上死掉了！」

筆記本從園田同學手中滑落。

我們班上第一堂課改成自修。

這節本來是級任導師的課才對，但老師應該前往藤田同學家拜訪了吧。

就我之後聽到的說法，藤田同學好像在她自己的房間裡窒息身亡。

死亡時間是深夜。藤田同學的弟弟早上擔心姊姊為何遲遲不從房間裡出來時，發現她的遺體。

跟平常自修課不同，教室裡瀰漫著一股陰暗的氣氛。

宮內同學、千春以及藤田同學，班上有三位同學死了。

到處都聽得見女同學的啜泣聲。

平時總愛互開玩笑的男同學，也都坐在自己的位置上，臉色鐵青。

在這群人中，受到最深刻打擊的是園田同學。

繼宮內同學後，跟班藤田同學也死了。

她應能理解兩人不幸身亡的共同點，就是她們都讀過黑羽同學所寫的劇本。而且在數十分鐘前，園田同學本人還打算閱讀劇本。

園田同學身體不停地顫抖，那樣子從遠處看也能看得一清二楚。

她有時候還會偷看黑羽同學幾眼，同時雙手緊緊握拳。

第一堂課結束的鐘聲響起後，黑羽同學緩緩地站起身來。

她拖著沉重的步伐走到園田同學身旁，以有如枯木般的雙手遞出筆記本。

「園田同學……妳讀一下……」

「哇哇哇哇哇哇哇！」
園田同學拍落筆記本，發出來的慘叫在教室迴響。
「我絕對不會讀妳所寫的東西，妳是死神！」
園田同學如此大聲吼道，飛奔離開教室。
教室中全員的目光集中於留在原地的黑羽同學身上。
黑羽同學撿起筆記本，用她那窟窿般的大眼凝視著某處。
她所凝視的……是我。

午休時。
黑羽同學把我叫到屋頂上。
令人感到不舒服的那對眼睛，透過隨風飄逸的黑色長髮縫隙緊盯著我看。
「是妳去警告園田同學的對吧？」
我鼓起勇氣回答黑羽同學的提問。
「沒錯，園田同學她已經不會看妳的劇本了。所以妳就別繼續復仇下去了。」
「復仇？」
黑羽同學一笑，露出泛黃帶黑點的牙齒。
「我的確是有那個想法啦，不過……我真正的目的並非復仇。」
「並非……復仇？」

「……對……那是實驗。」

「實驗？」

「用文字殺人的實驗……」

黑羽同學看向她手上握的筆記本。

「我第一次用文字殺人是在兩年前。死的人是我的妹妹……」

黑羽同學開始自白。

七

「黑羽同學的自白」

（以下為憑我記憶所寫，可能部分敘述會有所出入，但大致上內容都如我所描寫。）

我第一次用文字殺人是在兩年前。死的人是我的妹妹。

妹妹她跟我不一樣，既活潑又開朗，長相也相當美麗。

學業成績中下，跟中學時代成績常保學年第一的我可說天差地遠。

就算如此，雙親對妹妹還是寵愛有加。

縱使我考再多次一百分，父母依然不會稱讚我。

但是妹妹數學考了八十分，他們還高興到要慶祝……
妹妹她應該也知道自己受到雙親喜愛吧，她後來便不把我當姊姊看待了。
「姊姊妳雖然成績很好，但個性很糟糕呢。」
「姊姊妳絕對交不到男朋友喔。」
「姊姊妳的眼睛看起來好像骷髏頭，真噁心。」
我心裡想，我要殺了這樣的妹妹。
這是理所當然的。
那種女人才不是我妹妹。
話雖如此，我可不能直接出手。
因為那種女人而被關進少年感化院的話實在太可笑了。
我費盡心思尋找有無完美犯罪的方法。
有毒藥劑不好取得，也有東窗事發的風險。
以刀刃直接襲擊就更不用說了。
如此一來……
我在網際網路上瀏覽一個有關完美犯罪的網站。
網站上雖然記載著許多殺人的方法，但都是些了無新意的手法。
再者，還有那麼多人可以瀏覽，表示這些詭計不可能見效。
我必須使用前無古人後無來者的嶄新手法才行。

隨後，我便想到用文字殺人這步棋。

當天，我手拿一本筆記本，對坐在客廳裡看電視的妹妹說。

「我寫了一部小說……妳能不能幫我看看？」

妹妹露出壞心眼的微笑，答應一讀我寫的小說。

她可能認為這是個欺壓我的好機會吧。

妹妹從我手中接過筆記本後，馬上一邊翻頁一邊批評。

「這是什麼莫名其妙的文章啊？怎麼寫了一堆『死』字啊。這是恐怖小說？」

「心臟？心臟會跳動這不是很正常的事嗎？而且妳也太過執著於呼吸了吧，寫什麼吸氣吐氣吸氣吐氣啊……」

我妹以擺明是要嘲笑我的態度讀著小說。

就在開始讀起小說幾分鐘後，她開始發生異狀。

平常聽不清楚的呼吸聲如今聽來清晰，妹妹她臉部表情痛苦難耐。

「呼……呼……這、這是怎樣啊……」

妹妹的視線離開小說。

美麗的臉蛋也逐漸發紫。她用手抓空氣頻頻往嘴裡送，想當然耳，那樣子當然不可能吸進空氣。

不久後妹妹便應聲倒在地板上。

她全身開始痙攣，身體開始顫抖。
就在此時，我的父母進到客廳裡來。
母親看到妹妹倒在地上，自己也昏了過去，父親則趕緊叫救護車。
結果妹妹住院了。根據醫生說她恐慌症病發，在病房裡她依然強迫自己持續呼吸。
「停止呼吸的話會死。所以我不呼吸不行。」
醫生跟我父母對妹妹說的這番莫名其妙的話，感到困惑不解。
她的症狀雖持續惡化，但直到我妹妹死亡總共花了一個月時間。
她在一個月內瘦了二十公斤以上，體重更不到三十公斤。
葬禮時，我一瞧妹妹的臉，她的臉就跟我一樣形同骸骨。
這對以美貌見長的妹妹來說，如此遺容可能是最令她無法接受的吧。
我也讓母親讀了小說。
但她讀後只感覺身體不適，並不會呼吸困難，也沒有住院。
我寫的死亡小說還不夠純熟。
雖然這對情感豐富的年輕人有效，對大人卻毫無效果。
這個……還需要更進一步改良。
只有文章本體是不行的，必須加入各式各樣的惡意念頭才行。
除了讓對方意圖性呼吸，使其精神狀況惡化之外，必須加入以詛咒折磨肉體的方法。

以視覺效果讓人產生不愉快感的方法。

我得透過組合眾多不同的惡意，確實地將對方逼上死亡絕路。

行文的節奏、留白也很重要。

必須配合讀者的呼吸。

就算稍微改變留白多寡或換行的方式，效果就會隨之增減。

這世上也有單純一個就能讓人感到不舒服的文字。

我也會同時利用那個字，寫出一部死亡小說。

八

黑羽同學自白結束。

我只能呆站在原地聽她自白。要是千春或宮內同學她們沒死的話，我應該不會相信她所講的這些話，畢竟這在現實生活中完全不可能啊。

「妳可能不知道……國外到現在還有受到當地居民懼怕的法師存在。日本以前也有……」

黑羽同學繼續輕描淡寫地說著。

「我為了這個收集了各方面的資訊……將之組合統整後才寫出這部死亡劇本的。」

黑羽同學陶醉地看著她右手拿的筆記本。

「不過，這一切都結束了。」

我瞪著黑羽同學。

「結束？」

「對，園田同學她再也不會看妳的文章了，班上其他同學當然也一樣。」

「……」

「我知道妳是個天才，不，我也知道妳是個天才這字眼還不足以道盡的死神，但是一知道妳的手法後，妳就殺不了人了。」

「也對……的確這樣一來已經殺不了人了。」

黑羽同學丟開筆記本，臉上依然毫無表情地張開她那乾燥無潤澤的嘴脣說。

「就算如此，我還是會殺了園田同學給妳看。」

「什麼！」

「妳可別以為那劇本就是完成品喔，那還停留在實驗階段……一旦作品完成，讀它的人保證會死……除了身為作者的我以外。」

我一聽黑羽同學這麼說，身軀開始打起冷顫。

黑羽同學怨念之深已趨近異常。口頭上說這不是為了報仇，但她絕不饒恕對自己帶有敵意的人。

那麼，阻撓黑羽同學計畫的我……

「妳要是繼續殺人，我會去報警的。」
聽到我如此警告，黑羽同學動動她削瘦的臉頰笑了。
「妳要跟警察說……她們是被文字殺死的嗎？」
「……」
「那任誰都不會相信的……而且就算被警察抓了也沒關係。反正我早晚都要死……」
「咦？」
「我得了癌症，妳看我的身體就知道了吧……醫生說我還是能再活一年就是奇蹟了。」
「癌症……」
面對黑羽同學突如其來的告白，我只能凝視她、張大嘴巴。
「不過，直到我死了之後，我的詛咒才算大功告成。」
「死了才完成……？」
「沒錯……作者死去後，詛咒的威力會大幅增強……有本讀了就會死的小說，創作該小說的作者也死了……光是這樣就有其效果。如果我不是因癌症，而是死於自殺或帶給人震撼的死法，想必效果會更加強烈……」
黑羽同學發出尖銳高亢的笑聲，不知道有什麼好笑的。
「反正……園田同學一定會在我死之前先死去。妳最好也不要繼續多管閒事下去比較好喔？」

我無言反駁，黑羽同學就這麼走過我身旁，離開屋頂。

我只能望著她的背影。

我知道不能單就外表去評斷一個人。

但是看著黑羽同學，就會不禁認為她那邪惡的心靈是否早已顯露於外了。

抑或是，扭曲黑羽同學心靈的，其實是她周遭的人呢？

含有溼氣的夏日微風吹拂過我的身體。

但感覺起來簡直像被黑羽同學撫摸過一般，是我心理作祟嗎？

從隔天開始，園田同學便不來學校了。

她應該發覺黑羽同學真正的目標應該是自己了吧，同時也察覺讀了黑羽同學的劇本就會死。

我猜園田同學會考慮轉學吧。這對家境富裕的她來說，應該不成問題。

我同時希望園田同學能夠轉學。就算黑羽同學再怎麼有本事，只要園田同學不來學校，別提話劇劇本了，連其他小說也無法讓她瞧上一眼。

雖然這樣對已死去的千春感到抱歉，但是一想到這場惡夢終將結束，我便無法壓抑心裡那股歡欣愉悅的情感。

當天晚上，放在床上的手機響了起來。我拿起手機，確認畫面上顯示的來電者。是園田同學。

我接起電話，便聽見園田同學的聲音。

「呼……日高同學……呼……」

一聽她呼吸急促，我就有不祥的預感。

「園、園田同學，妳怎麼了？」

「呼……日高同學，妳今天，有傳郵件給我嗎？」

「咦？我沒有傳什麼郵件啊？」

「……」

「園、園田同學，妳到底——」

「啊啊啊啊啊啊啊啊啊啊啊啊啊啊！」

園田同學突然放聲尖叫，而且音量大到令人懷疑手機的喇叭是不是壞了。

「啊啊啊啊啊——那傢伙那傢伙那傢伙！」

園田同學重複說著「那傢伙」後，掛斷電話。

我當下便發現是黑羽同學用我的名字傳郵件給園田同學的。

園田同學的郵件信箱就寫在班級聯絡網上頭，要找的話馬上就找得到才對。

她一定是在郵件的標題打上我的名字。

我不認為園田同學有在手機裡輸入我的郵件信箱，我想她應該是看了標題之後，以為郵件是我傳的，才自然地打開郵件查看。雖然我不知道那封郵件的內文，但那可是想殺了園田同學的黑羽同學所傳的郵件。

惡夢尚未結束。

隔天早上一進教室，我走到黑羽同學的座位旁。

黑羽同學坐在自己的位置上玩著手機。

有時她會貌似想起了些什麼，一個人咯咯地笑。

「黑羽同學，妳用了我的名字傳了郵件給園田同學對吧。」

黑羽同學以一種理所當然的態度點點頭，回答我的問題。

「沒錯……多虧了妳，園田同學才看了我傳的郵件。我把文章縮短改良也算是沒白費工夫了。」

「改良？」

「對……雖然發作速度不如之前的劇本那麼快，但是讀的人一樣會死。至於要花多久時間嘛，快的話大約一週左右。這也是我第一次用郵件來寫作，有些地方我還沒弄清楚。」

黑羽同學輕描淡寫地開口述說可怕的事情。

「種子已播下……園田同學再來都會意圖性地呼吸。吸氣吐氣吸氣吐氣，連睡覺的時候也會。日復一日……然後精神崩潰。」

「……」

「當然囉……光是使人意圖性呼吸是殺不死人的，得讓對方知道自己已被人詛咒了才行……此時能跟死亡產生聯想的文字就很重要。雖然這點沒有人能夠理解啦。」

「妳為什麼要做到這地步……」

「我之前不是說過了嗎？這還不夠完整……等到完成品問世，縱使我的肉體灰飛煙滅，意志將永遠於文字間存活……」

黑羽同學神情陶醉地看著手機螢幕，上頭應該顯示著她傳給園田同學的死亡郵件吧。

「一讀了妳的文章，就真的只能等死嗎？」

我如此詢問，黑羽同學不發一語地開始操作手機。細長的手指於手機按鈕上遊走。

約數十秒後，我的手機響起收到新郵件的通知音效。

「我傳給園田同學的郵件……剛剛也傳給妳了。妳要不要像我寫殺人文章一樣，試著研究寫出救人文章看看？妳身為文藝社社員，說不定辦得到。」

黑羽同學發出沉悶的笑聲。

我跟黑羽同學不一樣，只是個普通人。雖然我是文藝社的，但我自認為寫的文章只比一般人好上一些而已。

這樣的我根本不可能和黑羽同學相抗衡。

我只能強忍心頭上的不甘，狠狠地瞪著黑羽同學。

突然間，黑羽同學的頸動脈處突然噴出大量鮮紅液體，紅色液體瞬時在黑羽同學的桌子上積聚成灘，滴到地板。

黑羽同學的脖子不偏不倚地往橫向歪曲。

漆黑的眼瞳直立，映照出我的模樣。

整間教室充滿了有如鐵鏽般的鮮血氣味。

我發現有人站在黑羽同學身後。

那是手上拿著巨大菜刀的園田同學。

「噫噫噫噫噫噫噫噫噫噫！」

園田同學面容猙獰襲向黑羽同學，她以右手拿的菜刀胡亂揮砍黑羽同學。

黑羽同學應聲倒地，整個人癱在地上。

園田同學則跨坐其上，不斷地揮下手中那把菜刀。

不斷地、不斷地、不斷地、不斷地……

班上同學的慘叫響徹整間教室。

連身材壯碩的男同學，也只是佇立在原地臉色鐵青，完全沒有人上前阻止園田同學。

她舉起菜刀時血液飛濺，將乳白色的窗簾都染紅了。

耳裡傳來園田同學的笑聲。

「去死去死去死去死去死去死去死去死去死去死！」

園田同學亂髮飛舞，以菜刀不停刺向黑羽同學。
頃刻間我察覺到一件相當可怕的事。
我聽見有其他笑聲摻雜在園田同學的笑聲裡。
那是黑羽同學所發出來的笑聲。
黑羽同學明明身上被菜刀刺出好幾個洞，但她還在笑，她在頸部呈現不自然歪曲的狀況下還在笑。
「噫……噫噫噫……這、這樣詛咒就完成了……」
隨著黑羽同學氣若游絲的聲音，從她頸動脈傷口處發出有如吹笛般咻——咻——的聲響。
當下我只能一邊發抖，一邊聽著她們兩人的笑聲。
眼前這副景象宛如一場惡夢。
時間不知道過了多久。
笑聲停止，園田同學低頭看著一動也不動的黑羽同學，露出爽朗的笑容。彷彿所有一切都結束了……
園田同學那整齊端正的嘴脣，如今扭曲醜陋。
「你他媽的自作自受，詛咒那種鬼東西根本沒用！」
這聽起來完全不像平時講話高貴的園田同學所會說的話。

園田同學一發現我站在她前面，便露出潔白的牙齒微笑。
她臉上濺有大量血液。
自傲的波浪捲髮也染成一片鮮紅。
當下我雖然想逃跑，但是我的腳不停發抖，一步也動彈不得。
我就像被園田同學所吸引般，入神地看著她。
「嘻嘻，我不會死的。」
「園、園田同學……」
「我才不會因為那傢伙的詛咒而死啦啊啊啊啊啊！」
園田同學大聲吼叫，叫聲傳遍教室每個角落。她隨後舉起血跡斑斑的菜刀，往自己的頸動脈一刺。
現場能清楚聽見刀刃刺進肉裡的聲音。
「要我被她殺死，還不如自我了斷啊啊啊啊啊啊啊啊啊啊啊啊啊啊啊啊啊啊啊啊啊！」
那是園田同學生前的最後一句話。
園田同學一邊噴濺血液，跟黑羽同學一樣倒在地上。
她的身體還一直痙攣抖動。
濃稠暗沉的血液流了一地，連我的鞋子底部都沾溼了。
直到老師衝進教室前，我也不擦拭飛濺到臉上的血液，只能呆滯地看著眼前那兩具屍體。

在那之後發生的事我已經記不得了。

我相信不記得反而是件好事。只知道當時教室裡滿是淒厲的慘叫聲，其中昏倒或嘔吐的女同學也不在少數。

會有如此反應是理所當然的。

畢竟這跟在電影或電視上演的殺人場景不一樣，既活生生又血淋淋。剛剛還活蹦亂跳的同學，如今在自己眼前噴血身亡。

我最後記得的，是黑羽同學那顆脖子斷了一半，轉向十分異常的頭。

學校從那天開始停課三天。

加上山下老師讓令人不解其原因的自殺事件，學校總共有六人死亡。

這原本會成為全國上下新聞節目強力播送的大事件才對，不知是否為園田同學的父親從中作梗安撫媒體，幾乎不見電視新聞或報章雜誌報導此一新聞。

恐怕園田同學的父親也不想讓其他人知道自己的女兒殺了同班同學。

據說園田同學的葬禮只准親人參加，並悄悄舉行。

另一方面，代表班上參加黑羽同學葬禮的男同學跟我說，黑羽同學的雙親對自己的女兒被殺了毫無悲痛之情，在葬禮上反而還露出笑容。

看來黑羽同學的家庭，在她妹妹死掉之後就崩潰了吧。

說不定黑羽同學的父母也知道自己的女兒用下了咒的文章殺過人。一得知自己的女兒殺了人，他們做何感想呢？哀傷、痛苦、悔恨，他們心頭應該湧上了許多情緒。但是他們感受最強烈的，應該是安心吧。畢竟他們終於能離開這個名為「女兒」的死神身旁。

事情發生兩週後，我收到了一個小包裹。寄件人好像是黑羽同學的父母，裡頭包著厚厚的日記本。

看來黑羽同學死前打算寄這個給我。

我無法確認日記裡頭寫了些什麼，因為我很害怕知道黑羽同學那瘋狂的念頭。話是這麼說，我也不能丟棄日記。

在我傷透腦筋之下，只好把日記放在文藝社書架上不起眼的地方。因為我自己都討厭把黑羽同學的東西放在房間裡……

我以為，黑羽同學死了，這一切就都結束了。

然而，這場惡夢尚未曲終人散。

讓這場惡夢持續上演的，是我。

九

黑羽同學死後過了一個月。

學校回復平靜，我們班上一路走來雖然不平坦，如今又能在班上聽見笑聲了。

班上同學雖然都絕口不提那起事件，但在其他班級、學年仍是火熱的話題。

黑羽同學所寫「讀了就會死的劇本」，也被當成學校裡的怪談傳說，引發諸多人之興趣。

那就跟不久前的我一樣。

跟看恐怖片是為了享受「恐怖」的我一樣。

跟國中朋友一起參加試膽，偷跑進學校的我一樣。

壓根都沒想過，當「恐怖」降臨於自己身上的時候會是如何。

大家都沒想過……

某一天在文藝社社辦裡，有五位學長姊想要詳細瞭解有關黑羽同學的那起事件。這五位都有在創作小說，他們當然也知道黑羽同學曾於文藝競賽得過獎這件事。

比起恐怖，他們對有人讀了黑羽同學的劇本而死這件事更覺得有趣吧。

我雖然心不甘情不願，也只能一五一十地向學長姊報告，我無法違抗社團學長姊的命令。

當我說完後，其中一位學長開口說了。

「這樣聽妳說過一遍後，總覺得讓人無法相信其真偽呢。」

「嗯，人死了的確很恐怖。但那些都是自殺呀、病死呀或是被菜刀砍死而已對吧。」

另一位學長如是說。

「對呀對呀，我們也是。對我們寫小說的來說，這世界上竟然有讀了會死的文章，簡直無法相信。」

「嗯嗯。對不看恐怖片之類的人來說，他們一聽到可怕的故事就會覺得毛骨悚然了，說不定就是因為這樣。」

學長姊一邊笑著一邊提出各自的意見。

他們看起來簡直就像在享受一齣鬼故事。

「好，由香妳的手機裡面還留著黑羽的郵件對吧。大家一起來看看吧。」

有位學姊竟說出了非常了不得的話。

「學、學姊，還是別這麼做比較好吧。」

我用手按著放在口袋裡的手機，頻頻搖頭。

「妳在說什麼啊？由香妳到現在還沒把郵件刪掉，表示妳很有興趣對吧。」

「……」

學姊說得沒錯。

我沒有刪掉黑羽同學的郵件，還把它保存下來。直到現在，我依然不懂自己為什麼會保存下來。

我明明就見證過了那麼恐怖的事件了，為什麼……

「由香妳是關係人，我也不是不懂妳為什麼會害怕。不過，沒有人看了黑羽同學的郵件後死掉的對吧？園田她也是自殺的啊。」

「這沒錯，而且讀者之所以會發病的原因我們也知道了，方法就是讓讀者意識到呼吸這件事，削弱他的精神狀況沒錯吧。這樣一來就跟觀賞已知戲法奧妙的魔術表演一樣啦。」

「對呀對呀，這對我們是行不通的。」

學長姊哈哈大笑。

「總之手機拿來，讓我證明給妳看。」

其中一位學長硬生生地搶走我的手機，開始找起黑羽同學發的郵件。

「喔，找到了找到了，就是這個。」

學長開始讀起黑羽同學的郵件。

「喔喔，原來如此。一開始先這樣讓人想到死，然後使讀者意識到呼吸……」

「還有一串怪怪的數字呢，裡面還有個死字……最後我有看沒有懂。」

「這串數字加起來是62耶，啊，如果把死當成4計算的話……」

「啊……黑羽她的名字是比那子對吧？那她就是把自己的名字隨便安插在第一段

裡面呢。」

「為什麼她要把名字放在裡頭啊？」

「由香說過了呀，那是因為她想永遠存活在字裡行間啊。」

我雖然捂住耳朵，一方面卻無意識地微微聽見學長姊所說的話。

不知道過了多久。

學長姊一點事也沒有。

他們還一邊笑著一邊修改黑羽同學的文章。

「這樣妳稍微放心點了吧，日高由香學妹。」

其中一位學長對我開玩笑。

「事情就是這樣，我懂由香妳的心情，但妳也怕過頭了吧。」

「對呀，這世上根本沒有詛咒這東西。」

學長將手機遞還給我。

液晶畫面上亮著藍光，上面好像有段文章。

「快——看！快——看！快——看！」

在學長姊的連呼吆喝下，我一臉苦笑，看了一個月以來都未曾觀看，黑羽同學所傳來的那封郵件。

我真的是愚蠢至極。

這世上果然還是有詛咒存在。

這詛咒還因為黑羽同學被菜刀刺殺身亡後，威力變得更加可怕……

兩天後，看了黑羽同學郵件的其中一位學長死了。

其死因雖被診斷為原因不明的病症發作死亡，據說他的脖子上有著搔抓爪痕，表情就像死前看到了什麼可怕的東西一樣，一臉驚恐、眼睛睜得大大的。

又過了一星期後，第二位學長也死了。

由於學長的父母並不想多做說明，沒有人知道詳細情況究竟為何，其死法想必依然令人不解。

葬禮上，棺木上頭位於臉部的小窗格也沒打開來，說不定是他臨終的儀容見不得人的緣故。

這樣一來，剩下三名曾經不把黑羽同學的郵件當一回事的學長姊，也都感到害怕，面容糾結惶恐。

他們因為受到好奇心的驅使，落得自己可能難逃一死的命運。

看了那封郵件的我也一樣。我們聚在一起討論，想辦法能否找出郵件的祕密，化解詛咒。

其中一位學姊還請來有名的和尚幫忙驅邪除魔。

可是，在驅邪完四天後，她也死在自己的房間裡。

學姊的屍體被發現於床底下。

屍體彷彿經過拉扯，手腳全都彎向異常的方位，右腳上還留有清晰可見的人手印。

發現屍體的是學姊的姊姊，她床底下看到學姊因恐懼顯得扭曲的臉，據說現在會定期前往設有精神科的醫院接受治療。

學姊的姊姊，可能也會成為黑羽同學詛咒下的犧牲者。

包含我剩下三人，我們前去拜訪某位法師請他救救我們。

然後那位法師也無法化解我們身上的詛咒。

當法師在作法的時候，其中一位學長死了。

「黑羽、黑羽她在這裡！」

學長如此大叫，於地板上翻滾，無法鎮靜下來。

學長隨後雖被救護車運走，但抵達醫院時他早已窒息身亡。

法師也一臉悲傷地說：「這跟現今所有的詛咒截然不同，用一般的方法是無法化解的。」

黑羽同學用來當成詛咒道具所書寫的文字成了基底，再加上她慘死刀下，使得詛咒的威力有了飛躍性的成長，效果極為強烈。

事到如今，我才能感受到黑羽同學之恐怖。

這位法師是學長的父親找到的，還相當有名，但他依然無法化解詛咒。

難道失去肉體的黑羽同學，有著比知名法師還強大的威力嗎？

在搭乘新幹線回家的路上，我跟學姊止不住全身發抖。

我對自己為何沒有刪除黑羽同學郵件一事感到後悔不已。

我跟還活著的學姊，一同彙整直到現在我們知道的所有資訊。

雖然我們壓根沒想過這會有何功效，但如果不找些事做，心裡就會感到不安，甚至覺得好像心臟快被捏碎搗爛了。

首先有一點，那就是就算你不詳讀郵件裡的文章，只看上一眼也會受詛咒。

作法時死去的學長在他死之前，曾對我們坦承說他「沒有讀郵件寫了些什麼，只是單純看著而已」。從這點來看便可得出上面那點結論。

再來是死亡並不分先後順序。活到現在的學姊是第一個看黑羽同學郵件的，這點給了我提示。已經死去的四位學長姊順序跟觀看閱讀郵件的順序也不盡相同。

看了郵件後導致的天數有了兩天、九天等等，不具有規則性。

我覺得死亡順序跟死亡所需天數並無法則可循，學姊卻懷疑箇中奧祕就在數字的排列上。

不管哪一方才對，結論就是於同一天同一個時間點看了郵件的人，有人不幸兩天後就死了，也有像我們兩個好運還活了二十天以上。

這簡直就像黑羽同學一個一個殺了讀過郵件的人……

我如此認為。

結果縱使得知何時會死並沒有什麼法則，我們依然得不出獲救的方法。

學姊臉部糾結扭曲。

想必我的臉也一樣吧。

當天晚上，文藝社的學妹打電話告訴我，最後一位學姊自殺了。

學姊她在文藝社社辦上吊自殺。

遺書上寫著「要我被黑羽冷酷無情地殺死，我寧願自殺。」

就這樣，全部就只剩我一個了。

我能理解為什麼學姊會自殺。我想學姊應該也知道，上吊自殺會多麼痛苦，被發現時遺體的樣貌會有多麼悲慘而不堪入目。

縱使如此，學姊她依然選擇自殺。

她可能認為與其被黑羽同學殺了，還不如自己上吊。

黑羽同學就是那麼可怕。

十

化為惡靈的黑羽同學下一個鎖定的目標，就是我。

我躲在房間裡，用棉被裹住全身，反覆閱讀黑羽同學的死亡郵件。

我沒開冷氣，身體依然不停顫抖。

我知道自己上下兩排牙齒互相撞擊，發出咔咔咔的聲音。

救救我救救我救救我。

我還不想死我還不想死我還不想死我還不想死。

腦海裡，浮現至今被黑羽同學所殺死的同學以及學長姊那萬分痛苦的表情。

我並非親眼看見他們的死狀，但其場景卻能清楚鮮明地在腦海中成像，這是因為我受到詛咒的關係嗎？

當我受到詛咒死去時，看起來會是什麼樣子呢？

我會無法吸進空氣，有如身處地獄般痛苦地死去嗎？

化身惡靈的黑羽同學會從哪裡出現呢？她是否會以脖子扭曲、頭顱下垂的姿態現身呢？

要是她從床下捉住我腳踝的話。

要是我一關燈，發現穿著制服、渾身是血的黑羽同學就站在我身旁的話。

當我看見白色窗簾後，發現有著黑羽同學那對蒼白瘦長的雙腳的話。

當我一覺醒來睜開眼，發現黑羽同學就在眼前的話。

當手機的畫面看起來就像黑羽同學那有如窟窿般大眼的話。

呼……呼……呼…………

我確實中了黑羽同學下的詛咒。

救救我救救我救救我。
我還不想死我還不想死我還不想死我還不想死。

我到底該怎麼做才能逃過死劫。
我只想著這個問題。
就在我思考這問題時，黑羽同學可能也冷不防地出現。
我時間所剩無幾。
我反反覆覆地讀著黑羽同學的郵件。
真的沒有得救的方法嗎？
真的沒有可以繼續活下去的方法嗎？
我該怎麼辦……

啊……
我想到了。
我想到了可以免於一死的方法。
不，正確來說是延長我死期的方法。
黑羽同學的詛咒因為她自己死了，變得更加強力可怕。
然而，縱使她化成惡靈，她的意志依然繼續還活在文字裡，黑羽同學她只有一個人而已。

然後，讀過死亡文章的人，並不會按照順序死去。

黑羽同學自己化成詛咒本身，隨機殺死讀過死亡文章的人。

這樣的話，我只要讓更多人讀過黑羽同學的文章便行。

只要讓十個人讀過文章，下一個換我死的機率就變成百分之十。

讓一百個人讀過的話，就是百分之一。

沒錯，只要讓更多人讀過黑羽同學的死亡文章，我存活下來的機率便會大幅提升。

我高興地痛哭流涕。

我欣喜若狂地歡呼，繞著房間裡奔跑。

心情變得開朗的我想了個問題。

該怎麼讓更多人讀到死亡文章？

這我當然不能給家人看。就算只給十人、二十人看，自己成為下一個亡魂的機率也不會下降太多。

我仔細看著拿在手裡的手機。

對了……用網路就行了啊……

我的自白於此結束。

感謝各位觀眾從頭讀到尾。
同時我也要對你們說聲對不起。
相信各位都已經察覺了開頭那段莫名其妙的文字是什麼了……
那就是黑羽同學死亡郵件的內容。
讀到現在，各位是不是跟平常不一樣，開始意識到呼吸這件事呢？
會不會覺得呼吸困難呢？
吸氣、吐氣、吸氣、吐氣……
那正是你被詛咒的證據。
你的腦海裡有沒有浮現出黑羽同學的樣子呢？
你有沒有看到脖子斷掉歪曲的女孩子呢？
她的身形樣貌只會變得越來越鮮明可見。
無論何時，黑羽同學都會出現在你的腦海裡才對。
泡澡的時候也是。
用電腦的時候也是。
睡前躺在棉被裡也是。
看手機畫面的時候也是。
不過，請你放心。
我們是夥伴。

從今以後，我會努力讓更多人讀到黑羽同學的文章。我會在每個地方留下詛咒文章。

例如網際網路上的部落格、留言板或是日記。

相信有人會贊同我的意見，並做出一樣行動。

到最後，我被黑羽同學殺死的機率，應該會壓倒性地比發生交通事故死去的機率還低。我戰勝黑羽同學了。因為我心中存有無論如何都想活下去的念頭，才能獲得勝利。

而且身為作家，我也贏了黑羽同學。

這部含有詛咒文章的小說會流傳到全世界吧，說不定還會有英文版。出版社的社長可能也會為了自保而當成恐怖驚悚小說出版也說不定。

只要在書本最後寫上本故事純屬虛構，讀者就會安心地讀這部小說……

幸運的是，在網路上搜尋我們學校發生的殺人事件，只有寥寥幾件結果。

這樣應該不會有人發現這是一起真實事件。

再者，也不會有人相信文字可以用來殺人的。

在日本，因不明原因發病致死者不在少數。

直到那些人知道自己的死因是我的小說時，想必這「詛咒」已在這個世界上廣為流傳了吧。

只要越多人以常識判斷這是不可能的，越能掩蓋背後的真相。

說不定各位讀者中有人會恨我。

不過在當今的日本，一天裡有將近一百人自殺身亡。如果再加上病死或出意外的，一天到底會有多少人死去呢？還請你想想看這個問題。

就算間隔幾天內便有人因黑羽同學的詛咒而死，也完全沒關係。

而且就日本的法律來看，下咒殺人也無法接受法律的制裁。

一切都沒問題的。

最後，前面雖然提到我的名字是日高由香，其實那是假名。相信各位能理解我不能寫下真名的理由。

小女子在此先失陪。

謝謝各位閱讀這部小說。

我能活下去的機率就此增加。

希望你的死期不會太早來到。

四黑殺稀涅怨羽死
詩鬼殺死血詞
刺苦死露子
紙夢孔羅巢齒
師比惡基露怪那士

心臟是輸送血液的幫浦
血液流經全身
血液停止流動肉體即死
動脈與靜脈
呼吸停止的呼吸
思考後才呼吸
吸氣吐氣吸氣
然後吐氣
吐氣、吐氣、吐氣

214211
131124

2死1231

013211

422121

121006

死死死死毆斬

骨 x w ＊＊死羅喇

w eri. 死死鉤忌頭死

黑羽比那子的日記

四月十六日

從大學附屬醫院的歸途，我在父親車上向母親詢問檢查的結果，母親只是含糊地回答：「是惡性淋巴瘤。」當發現脖子變硬腫起時，我就猜到自己患了這種病。這陣子我得來回醫院，持續觀察病情。看來，我並不會馬上就死。母親嘴裡不知道在咕噥些什麼，我一看她，她就別過頭去閉上嘴巴。那態度跟平常一模一樣。父親則是默默地開著車。車裡面唯一聽得見的，是有如昆蟲拍動翅膀的空調運轉聲。

一回到家，負責看家的妹妹佳奈她一臉不高興地嚷著要吃飯。母親趕緊進到廚房裡，看來比起我的病狀，她更擔心佳奈肚子餓著。我不吃飯，直接回到二樓的房間。我坐在鐵床上，高舉右手。蒼白修長的右手上，透著青綠色的靜脈，這樣簡直就像我身上流著青綠色的血液。

我將左手食指貼在右手腕上，能感受到動脈微微跳動。我對如此無意識的自然脈動，感到不悅。這明明是我的身體，卻有個不遵照我意識擅自跳動的器官，而且這器官總有一天會不遵照我的意識停止跳動吧。惡性淋巴瘤好像是所有癌症裡，患者生存機率最高的一種，網路上面寫說也有人接受治療後還活了五年以上。五年後，我就二十歲了。難道我就得在意如此稀鬆平常的事嗎？

這時，從一樓客廳傳來母親的笑聲。親生女兒被診斷出得了惡性淋巴瘤，這種日子妳還笑得出來？妳根本沒對我笑過一次……

我覺得自己左胸心跳好像變快了，這是因為癌症的關係嗎？還是受到母親笑聲的影響呢？

昨天買了一本厚厚的筆記本，我有辦法寫到最後一頁嗎？

五月十日

身體微微發燒，今天向學校請了假。母親替我煮粥當午餐，但是她把粥端來我房間後，馬上轉身離開，好像很討厭跟我獨處似地。我記得小學的時候還不曾這樣。母親跟我都屬於比較安靜沉穩的人，我倆之間談話雖然很少熱絡過，但當下氣氛總是平和自然。記憶中，我還曾和母親看著妹妹模仿偶像歌手的樣子開心大笑過。母親是從何時開始變成那樣的呢？印象中，是在國中一年級的秋天。

某天，同班同學的吉川步美嘲笑我像個幽靈。她說之前電視上的靈異照片特別節目中，有張靈異照片上的鬼魂跟我很像。我一開始雖然對此毫不理睬，但是每天被幽靈、幽靈這麼叫著，便開始感到厭煩。除了體育以外，其他成績明明沾不上我的邊；妳要是那麼喜歡恐怖的東西，我就讓妳嚇個半死。

我自學校返家後，從抽屜拿出筆記本跟美工刀。我將食指抵在刀尖上，暗紅色球狀物從指尖漸漸膨脹，我將球狀物弄破，在筆記本上寫下「吉川步美」四字。在她名字旁邊我還多寫了十幾個「詛咒」一詞。我用食指寫下的字跡雖然有些模糊，但應該沒問題吧。待上頭血書乾燥後，我拿出尺來把紙割下來，裝進牛皮信封袋裡。
隔天早上，第一個進教室的我把信封放在吉川步美的課桌上。我坐在自己的座位上等了一下後，吉川步美來學校了。她馬上發現自己桌上有個信封，歪著頭打開信封袋裡頭的紙條。在一瞬間，她的臉色變得蒼白，全班都聽得到她的尖叫聲，她馬上就把紙條丟了。班上同學隨即聚在吉川步美身旁，整起事件演變成我預料之外的大騷動。
吉川步美整個人嚇到全身無力，跌坐在地上發抖。我可沒想到這會那麼有效果。其中一位女同學撿起紙條，走到我面前。
「這個是黑羽同學妳寫的對吧？」
班上所有人都跑到吉川步美旁邊，只有我一人沒事般坐在自己的位置上，會被發現也是理所當然的，雖然我打從一開始就沒想過要隱瞞這件事。我點點頭，回答她的提問。
「為什麼妳要做這種事？妳看步美都哭了。」
「因為步美同學她好像很喜歡可怕的東西。」
「就算這樣，妳用紅色顏料寫那種東西給她看也太過分了。」
「那不是顏料。」
我伸出貼著ＯＫ繃的食指給她看。她一開始還不理解，一臉茫然。隨後她弄清楚我手上為何貼著ＯＫ繃後，馬上用手遮住嘴巴，面色鐵青。

一旦知道那張紙是血書，教室裡立即充滿女孩子的尖叫聲。

第一節課變成自修課，我被導師帶到校長室去。當我在校長室稍待片刻後，母親臉色大變地趕來學校，看來學校打電話到家裡通風報信去了。當校長拿出紙條給母親看時，她的表情僵硬，目不轉睛地凝視我寫下的文字。

不過是個血書，為何要嚇成這樣？結果，當天我馬上被趕回家。我跟在母親後面離開校長室，她好像無視我的存在，獨自一人默默地於走廊向前進。我快步跟上前，摸了母親的左手。在那一瞬間，母親嚇了一大跳，並以嫌惡跟懼怕兩者交織的神情低頭看著我，手心裡自母親傳來的溫暖也煙消雲散。後來直到回家，母親在路上一句話都沒說。

我不會忘記母親那天的表情。眼睛瞪大到極限，看似即將高分貝慘叫的扭曲嘴角。做人母親的，被自己親生女兒碰那麼一下，會做出那種表情嗎……

現在回想起來，我跟母親間的關係，打從那天就開始瓦解了也說不定。難道現在已無法修補我倆的關係嗎？

六月六日

我從醫院回家的路上，在路邊看到死貓的屍體，看來是被車子輾斃的。屍體一眼開開，彷彿滿懷怨憤地望著天空。這隻貓在死亡的瞬間，想著什麼呢？

是在恨輾斃自己的司機嗎？我在死亡的瞬間，會想著什麼呢？是恨這副得了癌症的身體而死嗎？話說回來死亡是什麼？是指意識跟肉體分離的狀態嗎？還是意識消失的狀態？

這題答案因人而異。有人會回答死亡是意識前往天國的狀態，也有人會說死亡便是意識的重生。你們明明沒死過一次，為什麼會知道答案呢？如果意識能夠重生，不能保有現今記憶的話也沒有意義。

我想重生，我想重生讓自己有個更健康的身體……

七月五日

當我想到圖書館一趟時，外頭卻開始下起雨來。因為每逢下雨我就頭痛，所以我討厭雨天。難道梅雨季節就沒有結束的一天嗎？我原本都準備好要出門了，現在只能死心回房。晚餐過後，父母叫我過去一趟。我進到客廳，發現玻璃桌上擺滿了許多小冊子。母親坐在沙發上，以笨拙僵硬的笑容將小冊子遞給我。那是隔壁縣市某間私立高中的簡介。

「我想比那子妳的成績，應該能夠進這間學校才對。家裡附近的公立學校還是不夠好對吧？而且從這間高中畢業的，考上東京大學或京都大學的也不少呢。」

我沉默不語，母親則繼續說下去。

「雖然可能沒辦法每天從家裡直接去學校，但這高中也有女宿舍喔。」
「要通學的話也沒關係，爸爸說可以搭計程車去上學。」
「寒暑假妳可以回家來，比那子妳要的話，放連假時回家也沒關係。」
母親就像推銷員一樣，絮絮叨叨地說個沒完。當我說想上本地的公立高中時，母親則是一臉失望落寞。
「是、是嗎？如果比那子妳那麼想的話也沒關係啦……」
母親趕快把小冊子收起來，父親在一旁則是三緘其口，不發一語。
父親並不太把自己的情感表露在外。他既不飲酒、吸菸，總是在家裡靜靜地看電視。連父親也想把我從家裡趕出去嗎？我回到房間後，頭變得更痛，痛到像是被人搥打一樣。為什麼只有我得承受痛苦？

七月七日

我做了個惡夢。夢到自己躺進棺材裡，連半根手指頭都動不了，意識卻非常清楚。我從小窗格看得見白色的天花板，也能聞到淡淡的線香味，也能聽見誦經聲。我拚命地想要發出聲音，但是嘴裡好像有棉花般的東西塞著，害我說不出話來。我想用舌頭把棉花推開，但舌頭卻一動也不動。那時，我看見母親前來把棺材的蓋子蓋上，母親露出潔白的牙齒幸福地笑。蓋子蓋上後，棺材開始震動，看來是要把我搬到哪去。我聽見一個大嗓門的男人在說話，但我聽不清楚他在說什麼。金屬摩擦聲讓人感到不舒服。我的身體依然動彈不得。

視野也是一片黑暗，什麼都看不到。我以為這段讓我無法自由行動的虛無時光將持續下去。

這就是所謂的死亡嗎？

正當我在思考該問題時，耳邊傳來的風聲不停在我耳邊作響。不久後，部分棺材蓋掉到我身上，當然上頭包著橘紅色的火焰。原來如此……我被火葬了。

隨著身上的白色衣物燃燒，皮膚也變黑。我既不覺得燙、也不感到疼，但我意識非常清楚。嘴裡那團像棉花的東西也著了火，火焰在我眼前熊熊燃燒。

不知過了多久，從某處傳來男人的聲音。

「不會吧！×××。為什麼燒×××！這不可×！」

「不，這×××太奇怪了。」

「總而言之，××先在這邊等。事到如今×××××。」

「哇哇哇×××！」

「別鬼吼××！都已經燒×××××了！」

這些聲音是怎麼回事？他們在怕什麼？我的耳朵好像被燒掉了，所以聽不太清楚。幾時之間也看不見了。到底怎麼了？眼睛看不見，耳朵聽不到，也沒有嗅覺跟觸覺，唯獨意識還清清楚楚，這還有什麼意義？我突然對自己的意識感到可怕，要是我的意識就這麼持續下去，會變得怎樣呢……我會以看不見、聽不見、說不了話，只有意識清楚的狀態下活在永恆無盡的時空嗎？我正打算張開毫無知覺的嘴巴大喊時，我醒了。一知道這只是場夢，我深深地嘆了口氣。額頭上滿是大大小小的汗珠。這夢境還真是異常真實，現在嘴巴裡好像還留有塞過棉花的感觸。話說，死亡就是那樣？如果那就是死亡，那我絕對不想死。我不想再次體會那種令人發狂的感覺。

七月九日

晚餐過後，妹妹佳奈來到我房間。佳奈把書桌前的椅子反轉過來坐著。她兩手靠在椅背上，以一股無法讓人想像她只有十四歲的冷酷眼神看著我。

「姊姊，妳要睡了嗎？」

面對佳奈這突如其來的問題，我自然地點點頭。現在時間已過了午夜十二點。我平常都是在這個時候就寢的，所以這並沒有什麼好奇怪的。為什麼她會還在今天問我這個問題？

「喔~真是一派輕鬆。真不愧是之前全學年成績第一的人。原來妳不必為了期末考特地讀書呢，我可是現在才準備開始用功的說。」

看來她對我打算就寢一事感到不悅。佳奈她確實一直都很晚睡，但她並非在讀書而是在看雜誌或跟朋友互傳郵件聊天。看來她今天真的打算念書，但妳可沒那個資格抱怨我。

「而且姊姊妳太卑鄙了，每次考試前都沒在看書。」

「每次看妳都只是隨便翻一下教科書，也不太做筆記。」

「妳要是這樣就記得住上課內容，考試根本輕而易舉對吧。」

佳奈深鎖她那端正秀麗的眉間，繼續抱怨。

正如佳奈所說，我的記憶力不錯，漢字或英文單字只要看過一次就能背下來，歷史年表、日本史、世界史我都能馬上熟記。我知道這對考試很有幫助沒錯，但光靠這樣可當不了學年第一名。數學不能只背公式，必須思考題目該套哪個公式，連國文也有許多題目不能光靠背誦。

就算如此，我也能在該科目取得好成績。再者，佳奈妳也沒如此用功到有資格抱怨我的地步吧？妳連拿手科目要考八十分以上都很勉強了，還來抱怨我？不可置信。要是佳奈一直認真讀書的話，應該多少能理解才對。但妳不是一整天都在玩嗎？或許我真的有讀書向學得天分，而我活用此天分來考取好成績，可能比起其他人還來得輕鬆也說不定。

但是，佳奈妳也有足以令人稱羨的美麗外貌不是嗎？

打從佳奈還小，她的美貌足以讓她受到許多特別待遇。我跟佳奈在一起，祖父總是只抱著佳奈。親戚聚在一起，每個都對佳奈的美貌讚譽有加，就連親生母親都特別疼愛佳奈。就算佳奈成績再怎麼差勁，母親從來不為此動怒；甚至有一次她數學考了八十分，家裡還特地為此慶祝……妳都受到母親如此寵愛了，還有什麼不滿嗎？就在我默不作聲時，佳奈故意嘆了口氣說。

「不過，就算再怎麼會讀書，無法長大成人也沒意義呢。」

無法……長大成人？

「姊姊妳從以前身體就不好對吧。在現代罹患癌症的生存機率雖然比以前還高，但妳還能撐超過五年嗎？」

佳奈一邊竊笑，一邊從椅子上站起來。

「一想到這個，就覺得姊姊妳好可憐喔，妳竟然一直拘泥於毫無意義的成績上。都國三了還不交個男朋友，啊我說錯了，是交不到。別提男朋友了，妳連普通朋友都沒有呢。」

我感覺身上刺進一小根針。

「好啦，妳這次也好好加油搶下全學年第一的寶座吧，雖然不會有人因此開心啦。」

佳奈一臉得意，走出我的房間。正如佳奈所說，我沒有朋友，也不知道怎麼交朋友。有人可能會說：「妳就隨便去找人攀談就好啦。」你的意思是不管理由，找人聊天就好了嗎？這我不懂，畢竟我跟流有同樣血液的親妹妹關係都已如此險惡。

七月十日

我看到佳奈把我的筆記本丟到垃圾桶裡，看來昨天說了那麼多還不足以發洩她心頭鬱悶。我將筆記本從垃圾桶拾起，內頁完全溼透了。佳奈之所以這麼討厭我，會是那件事的緣故嗎？

在我還就讀小學五年級的夏天，佳奈班上突然流行起收集蟬殼。佳奈一看到形狀完整漂亮的蛻殼，就會開開心心地把蟬殼收進餅乾盒裡，如此行為在我看來相當不可思議。跟字面意思相同，收集那些空殼有什麼意義呢？而且只有空殼，也聽不見蟬叫聲不是嗎？

雖然我不覺得蟬叫聲聽來悅耳，要收集蟬的話，還是收集會叫的比較好。於是，我為了佳奈去抓了活生生的蟬。

星期日早上，我拿著捕蟲網前往住家附近的樹林。我一抵達樹林，便發現樹上有隻油蟬。我從後方靠近，眼明手快地用捕蟲網困住油蟬。蟬像是發了瘋似地嘰嘰嘰狂叫。我打算把蟬裝進我帶來的金屬餅乾盒裡，牠卻捉住一瞬間的空隙，從我手中脫逃飛走了。對喔……蟬會飛呢。

只有小學四年級的佳奈，會比我更粗心讓蟬飛掉的可能性相當高。

等我又抓到新的油蟬後，便把蟬的翅膀扯掉。但是沒翅膀，蟬依然想用牠的六隻腳從餅乾盒逃出來。我把蟬的六隻腳也拔掉了。沒了翅膀跟腳的蟬，看起來就像一顆大杏仁。我有點擔心蟬會不會就這樣死去，當我以指尖輕輕碰一下後，蟬馬上嘰嘰叫了起來。看來這樣就沒問題了，佳奈不必擔心蟬會逃走，也能享受蟬叫聲。我持續捕蟬，直到太陽染成一片橘紅。

當我回到家，父母親不在，佳奈一個人在客廳看電視。我把餅乾盒遞給佳奈，佳奈一臉不可思議地打開餅乾盒的蓋子。她一開始還不知道裡頭裝了些什麼，當佳奈發現裡頭滿滿都是沒了翅膀跟腳的油蟬身體時，她大聲尖叫，丟出盒子。只剩下軀體的油蟬因盒子的震動一起出聲鳴叫。由五十隻以上的油蟬大合唱，響徹整個客廳。佳奈好像以憤怒的表情對我說了些什麼，但是全被蟬叫聲干擾，我並沒有聽清楚。但是從她的態度來看，我知道佳奈並不喜歡這份禮物。

佳奈跑離客廳，奔向二樓的房間後，我在庭院裡挖了洞，把蟬全部都埋了。我把土蓋在蟬上時，偶爾還聽得見叫聲。到了隔天早上，叫聲完全消失了。至今我依然不懂，佳奈當初為何那麼生氣。但是，我倆之間的關係從那天開始走樣，是不爭的事實。我明明為了佳奈抓了那麼多蟬，還把翅膀跟腳都拔掉的說……

七月二十九日

我為了買送給母親的生日禮物，到了購物中心一趟。在裡面逛了約兩個小時，買了一個尺寸比較大的馬克杯，因為母親她喜歡喝咖啡。土色而堅固的馬克杯，帶有一種沉穩的氣息，我認為這很適合母親使用。把手部分比較大也是我選擇購入的原因之一。請店員做禮品包裝後，付了錢。雖然這杯子超出我預算一千圓，但是也沒辦法，這個月就先別買書吧。

我回到房間後，把禮物先藏在書桌最下層的抽屜。明天等我把禮物交給母親後，她會不會感到高興呢？

七月三十日

我不懂，為什麼佳奈買得起像手提包如此高價的禮物？我上網查了一下，那手提包價格約在一萬圓上下，總是把零用錢花光的佳奈不可能買得起。母親對我送她馬克杯也感到相當高興。

可是，當母親收到佳奈送的手提包時，表情看來比我送她馬克杯還要開心。母親那喜極而泣的臉總是望著佳奈。從我手上接過馬克杯時，是她唯一看著我的時候。我希望母親當場把馬克杯拿來用，她卻把杯子放在廚房最高的架子上當成裝飾品。結果，母親今天依然拿著她用慣的白色馬克杯喝咖啡。

八月三日

今天一整天都在圖書館內度過，我喜歡在安靜的圖書館內看書。我回家時還順便借了兩本超自然現象的相關書籍，書看起來好像很有趣。我一回家後，看到母親在客廳喝咖啡。她並沒有用我送她的馬克杯，是因為她很珍惜那馬克杯嗎？

八月五日

我知道佳奈為何買得起手提包送母親了，因為父親有額外給佳奈零用錢。她好像哭著跑去跟父親說她沒錢買禮物送給母親，但是她拿著父親給的錢買禮物並沒有意義。這樣一來，那個手提包像是父親送給母親一樣。母親收到那種東西竟感動地痛哭流涕。我送的馬克杯並不像佳奈的手提包一樣虛偽不實。我雖然沒有打工，但那可是我把零用錢一點一滴存下來買的。希望母親能拿把馬克杯實際拿出來用，不要再把杯子放在架上。要是母親拿著那個馬克杯喝咖啡，我想我應該能毫無顧慮地找她說話。

八月八日

我看見佳奈又向父親討取零用錢，看來她時常如此，難怪她能買下那麼多化妝品跟首飾。我從以前開始，都覺得父親對我們毫不關心，看來這想法是錯的。父親不關心的不是我們，而是我。母親今晚又拿了別的馬克杯喝咖啡，到底要等到什麼時候她才……

八月十一日

今天母親那邊的親戚前來家裡拜訪。此行目的應該是為了談論中元節相關事宜才對，但阿姨卻一直在講自治會的壞話。那群還是小學生的表弟在家裡到處跑跳嬉鬧，敲了我房間門後，立刻發出怪聲跑掉。這種行為哪裡有趣了？母親訂了壽司外送當晚餐，期間阿姨則繼續發牢騷。

「傳覽板每次都很晚才來，因為×××那家每次都拖拖拉拉的。」

「那邊可沒有做垃圾分類，我之前還在可燃垃圾中看到鮪魚罐頭的空罐呢。」

「一起打掃公民活動中心是天經地義的事，但那一家卻一次都沒來過。」

要是那麼有意見，妳大可不必在這發牢騷，去跟本人講便行，光是抱怨並無法解決問題。阿姨那尖銳的聲音讓我莫名不悅，我只好回房裡去。表弟依然在走廊上嬉鬧，都已經是高年級生了，卻還這樣吵鬧，真不可置信。

因此我也無法集中精神看書。

為了喝水下到一樓時，一樓傳來陣陣咖啡香氣，應該是大家聚在一起喝咖啡吧。放在廚房架子上最上層的土色馬克杯也不見了。母親她終於用了我送的馬克杯……我透過門縫偷看一下客廳。

剛剛還在嬉鬧的表弟如今乖乖地坐著，喝上裡頭加有大量牛奶的咖啡。

我一移開視線，便能看到母親的背影。母親臉上綻放著微笑，用著白色馬克杯喝咖啡。我的思路在一瞬間停止，為什麼母親是用白色馬克杯喝咖啡呢？

土色的馬克杯已消失在架上才對，但為什麼……這時客廳響起阿姨尖銳的笑聲，她的右手拿著土色的馬克杯。

阿姨那紅得不自然的嘴唇與馬克杯相碰，啜飲咖啡的聲音聽來相當刺耳。

我已記不得她們當時的對話內容，我被眼前馬克杯遭受阿姨嘴唇玷汙的光景震懾住。母親並不在意那是不是我送她的馬克杯。只是馬克杯剛好不夠，才把我送的馬克杯一起拿出來用。因為她對我送的杯子並不抱有任何感情……模糊的視線中有著佳奈喝著咖啡的身影，她瞇著眼，露出滿足的笑容看著阿姨手裡的馬克杯。

原來如此……只有佳奈知道那是我送給母親的禮物。唯獨那麼討厭我的佳奈……我壓抑從心頭湧上的笑意踏上階梯。

一回到房間我放聲大笑，那麼執著於馬克杯的我看來真是愚蠢。我不記得我到底笑了多久時間。

我不需要母親、不需要妹妹、不需要父親。我也不需要朋友。我要獨自一個人活下去。

八月二十一日

上學的日子，級任導師稱讚我在期末考上獲得全學年第一名之事，我能感受到同班同學那嫉妒的視線。平常在班上我總是被無視，有關排名時我才會備受矚目。

感覺身旁圍繞著一股汙濁的空氣。

回家後佳奈又來挖苦我，看來她不知道又從哪得知我這次成績又是全學年第一了。一開始她只是針對學習成績攻擊我，後來卻變成說我壞話的批鬥大會。

「姊姊妳太瘦了，整個人好像木乃伊。」

「姊姊妳絕對交不到男朋友。」

「姊姊妳的眼睛看來好像骷髏頭，噁心死了。」

她看我飽受批評還是一臉鎮定，便不悅地上樓。

最後還留下一句話。

「妳看到阿姨喝咖啡的時候，明明就快哭了！」

佳奈撂下這句話，讓我心跳劇烈的加速。她知道我那時候躲在走廊上看客廳裡的情況。

不知不覺間，下嘴唇有著血的味道，看來是我不小心把嘴唇咬破了。血液滴到我胸前，在白色的制服上染出一片紅色汙漬。我走向洗臉臺漱口，鮮紅的血水化成小漩渦流向排水口。我用毛巾擦擦嘴，看向鏡中倒影。鏡中有個瘦弱女子，她宛如黑色窟窿的大眼直視著我，我知道自己的眼裡蘊含著憤怒的情緒。情緒激動讓我更感到不快。為什麼我得承受如此不堪的感覺，如此狀態會持續下去嗎……不，我只要抹消使我感到不快的原因便行，如此一來我便能回到以往冷靜的自我。對，只要殺了佳奈就好……

只要佳奈消失於這世界上，我就沒什麼好在意的。

一下定決心後，心情便舒爽許多。鏡中的我正笑著，血珠從嘴角滴落至洗臉臺。

八月二十二日

確定母親已經出門後，我下到一樓進到廚房。從架上拿走土色馬克杯後回到自己的房間，於書桌鋪上手帕，從工具箱拿出鐵鎚將馬克杯敲碎。

每當我揮下鐵鎚，馬克杯的碎片變得越來越小片。約莫過了二十分鐘後，桌上有了一座砂狀的小山。我用三根手指抓了一撮砂粒放進嘴裡，泥土的香味以及苦味於口中散開，這是我與家人訣別的一餐，是跟母親、妹妹還有父親訣別的一餐。我持續吃下化為砂粒的馬克杯，偶爾會吃到有如藥錠般大小的碎片，我會佐以開水送服。

吃完後，我覺得自己已獲得新生。土色的馬克杯消失在這世上後，接下來就換佳奈了。我要讓妹妹……不，那個女人永遠從這世界上消失。

九月十日

我看了從圖書館借來的犯罪相關書籍。裡頭雖也有介紹陷入羅生門的案件，但絕大多數的案件都有逮到真凶，特別是積怨行凶犯罪而被逮捕的機率特別高。要是殺了自己的家人，那當然很容易被逮到。殺了佳奈就要到少年感化院服刑的話也太可笑了。我查了許多殺人方法，但是每個手法中運氣成分皆相當重。世上雖有完美犯罪一詞，但實際上那是不存在的。面臨學校考試都無法比擬的難題，令我相當苦惱。我不吃晚餐，坐在書桌前持續思考。突然間，我想起國一時做的某件事。

就是用血書嚇唬同班同學吉川步美的事。在那之後，吉川步美向學校請了兩天假，還因為身體不適無法進食。要是那種血書能發揮更強大效力的話……對了，只要用文字殺了佳奈就好了。這樣的話，不會有人發現。我將一本全新筆記本攤開在桌上。這次我不用血書，雖然血書有其效果，光是讓人感到不舒服並沒意義。畢竟我的目的是殺了佳奈……如此一來，單純的詛咒文字可不行。不能是個讓人印象感到模糊的詛咒，裡頭必須含有足以致人於死地的巧思。話是這麼說，但文字又不能直接對肉體造成傷害。

我想到了……可以用呼吸啊。吉川步美當初看到血書時，呼吸也亂了。要是我能在呼吸這件事上下咒的話……

十月十三日

我在網路上搜尋了有關詛咒的網站，雖然很多都看來可疑，也有認真研究詛咒的資料頁面。果然，讓對方以為自己被詛咒了，才是有效的手法。使用照片跟繪畫的詛咒雖能在一瞬間帶來強烈震撼，卻沒有續航力。假如我要利用呼吸來咒殺別人，文字會是比較好的媒介。首先，讓對象開始意識到至今以來都在無意識狀態下進行的呼吸動作，然後在呼吸上下詛咒，再來就只剩讓佳奈持續讀那些文字就可以了。但如果是篇莫名其妙的文章，想必她也不會讀，這必須多花點工夫才行。該怎麼做才行呢……

十二月二十六日

連續兩天都熬夜，不小心發燒了。現在雖然是寒假，不過也太勉強自己了。稍微小睡三小時後，吃了點三明治，現在我連吃飯都覺得浪費時間。我想到如何讓佳奈讀詛咒文章的方法了，只要寫成小說，佳奈就會為了批評而讀吧。但是書寫詛咒文章卻相當困難。讓人意識到呼吸這很簡單，要使其跟詛咒結合就是個問題了。網路上雖充斥了許多詛咒文章，但那些都是假的，效果極其微薄無法使用。光靠原理是不行的，我必須創造出真正的詛咒文才行。

十二月三十日

我試著割了手腕，雖然傷口不足以致命，但血液從身上流出讓我感到腦部更加活化。這不錯，每當我流血時，腦內就會浮現出詛咒文。看來越是接近死亡，有辦法下咒也說不定。但是，桌上沾到血的話反而讓我不好做事，先把擦過血的衛生紙藏起來，到時候再一起丟掉吧。

一月七日

在醫院被問及手腕上的傷是從哪裡來的。明明連癌症都治不好，竟然還會在意這種死不了人的小傷。醫院說不定會通知我的父母，反正母親跟父親對我都毫不關心。話雖如此，但我得避免下次來醫院時又得被檢查手腕。下次換割在比較不容易被發現的地方吧。這一切也是無可奈何，因為身上不流血的話，詛咒文便無法完成。但你以為我會自殺的話那可就大錯特錯了，我並不想死。可以的話，我也想永遠活下去。

一月九日

文字這東西真有趣。光是「死」一個字，人看了就會覺得不舒服。

明明就不是看到真的蟲子，但是你讓討厭蟲的人看了「蟲」字，他就會全身僵硬。還認不得字的小嬰兒就不會有如此反應。人類雖然藉著文字，現在才能活得輕鬆愜意，但是只要有著邪惡念頭，文字也能拿來當武器。意志力薄弱者光是被寫上自己的壞話就會自殺，文字可真是與詛咒結合的最佳素材。詛咒小說就快完成了，就差那麼一步而已。

明天還是別弄傷腹部好了，不然站起來時太難受了。必須找出其他流血受傷也不顯眼的部位。

一月十三日

有著詛咒文的小說終於完成了。雖然還不知道這能發揮多大效力，總之先讓佳奈讀一遍看看吧。時間就選明天晚餐過後好了，感覺夜晚會增進詛咒的效果。佳奈她可能會懷疑我別有居心，反正我又不是拿食物或飲料給她，只是一本寫有小說的筆記本而已。小說這種東西會因為主觀評價而變化，一旦佳奈討厭我，必定會為了找我麻煩而讀小說，擺出一副有如評論家的姿態。

一月十四日

看來詛咒產生效果了。佳奈嘴巴張的大大的被抬上救護車，送到醫院去。最初幾分鐘看她沒什麼反應，我還以為失敗了，後來她的呼吸漸漸急促，最後甚至用雙手撈空氣想多吸點氣進去。讓對方開始意圖性地從事至今以來都在無意識狀態下進行的呼吸動作，並在呼吸上下咒這方法果真沒錯。母親見佳奈身體痙攣也不支倒下，看著佳奈臉色發紫想必對她是個嚴重的打擊。就我所預測，佳奈應該無法呼吸當場死亡才對，看來這次的詛咒還不具有如此效力。可是看她那樣子，應該會在醫院死去吧。她一死的話，母親或父親會跟我說吧。等到他們打電話通知我之前，我只要在家裡靜靜等候就好。看來今晚能久違地睡個好覺了。

一月二十一日

佳奈住院已超過一星期。她一直意圖性地重複呼吸，連睡眠時間都覺得浪費。看她那樣子是活不久了，連醫師都找不出她發病的原因是什麼。佳奈她無法跟人正常對話，也沒人知道她是因為讀了我寫的小說才變成那樣才對。母親今天早上依然前往醫院。她把許多佳奈愛吃的東西裝進保鮮盒裡，一臉悲痛地搭上計程車。如此待遇跟之前我住院兩天時可說是天差地遠。反正佳奈也吃不了東西，因為口中塞滿食物會讓她感到害怕。妳做的菜到最後還是只能丟掉，那為什麼不一開始就做少一點。連這點道理都不懂嗎？

二月十八日

晚上醫院打來電話，說是佳奈病情急轉直下。母親跟父親慌慌張張地出門趕到醫院。半夜一點，父親聯絡我要我到醫院去。看來佳奈已經死了。

我搭計程車到醫院後，看見母親依附在佳奈的遺體上嚎啕大哭。佳奈骨瘦如柴，臉龐有如骸骨。這對最重視外表的佳奈來說，也許是最討厭的死法。佳奈的左手腕有著好幾處打過點滴的痕跡，應該是她最近沒有進食，只能用點滴來當做營養補給吧。我摸摸她宛如枯枝的左手，溫度並沒有想像中的冰冷。屍體的溫度大概就是這樣吧。

父親在和葬儀社的人談話，葬儀社的人會這麼早就到醫院來嗎？說不定是跟醫院有著專屬契約的殯葬業者。等守靈夜跟葬禮過後，佳奈的遺體就會火化掉了吧。她是否會跟我夢到的一樣，保有清楚的意識被燃燒殆盡呢？是否會在眼睛看不到、耳朵聽不見，更無法開口說話的狀態下，永遠徘徊在虛無的空間裡呢？

話說回來，殺個人要花上一個月，這實在太不方便了。看來我必須進一步改良，讓詛咒早點發揮效力殺人。反正我明天必須向學校請假，就利用這段時間來研究新的詛咒方式吧。

二月二十六日

頭七法會結束後，我也讓母親讀了詛咒小說。她雖然呼吸急促，但是也只是身體稍微不適，馬上就復原了。看來這小說對大人效果並不好。母親的精神狀況在佳奈住院後一直都不好，沒辦法把她送進醫院真是可惜。

像這種半吊子的未完成詛咒一點意義也沒有。如果不是每種人都殺得死的詛咒，就稱不上完成品吧。母親應該不知道我寫的小說裡頭有下咒吧。

說不定她看到這莫名其妙的詭異文章，便草草看過。就某種意義上來說，佳奈她為了批評我的小說，才會認真的看過一遍。看來我得再多下點工夫，寫出讓每種讀者都能聚精會神閱讀的作品。

反正我也不用著急，目前也沒有人是我現在非殺不可的。我就一步一步地慢慢創作這作品就行。

二月二十八日

我從今天開始寫小說了。雖然我並不打算成為作家，但訓練自己的文筆應該有助於寫出一篇詛咒文章。在網路上，那些暢銷知名小說的讀者讀後感常寫道「認真看下去的話都會忘了時間流逝」這類感想不勝枚舉，但這也稱得上是那些文章能讓讀者如此投入的證明。一旦能讓讀者聚精會神閱讀，想必讀者也會更容易中詛咒才對。首先，比起詛咒文章本體，必須先打下讀者會願意閱讀的基礎才行。在書店買的雜誌裡頭附有文藝競賽的參加辦法，每位參賽者都會收到一張評價單。我雖然對得不得獎根本沒興趣，但對小說瞭若指掌的編輯來說，他們的意見或許會成為我以後寫作的方針。就試著參加一次看看吧。

從樓下傳來母親的怒吼，看來她又和父親在吵架了。當佳奈死後，感覺他們越來越常吵架。反正這跟我無關，你們兩個就繼續謾罵下去吧。

三月五日

我最近開始能分辨出真詛咒與假詛咒了。網路上那些被下咒的影片或照片，我只要看一眼就分得出來。雖然大部分都是假貨，多少有真品混雜在其中。判別法並不難，舉例來說就像套上數學公式一樣，這對理解詛咒原理的人可說輕而易舉，還可以利用其原理保護自己不被詛咒纏上。破解他人下的詛咒雖然有難度，但是只保護自己的話卻不會很困難。特別是那些效果薄弱的詛咒，就算不知道其原理或公式，光靠自己的意志力也能對抗克服。如果單純只是要殺人，使用詛咒絕對比起動刀動槍還要來得有效果。

用詛咒殺人的優點，就在於不會背上殺人罪。還有，依照下咒的種類，也可以達到連鎖殺人的成效。

世界上有很多人跟我一樣，都知道詛咒的原理。然而，那些詛咒方法都跟我的相同，都是未完成品。即使知道詛咒的原理跟公式，實際動手操作依然不簡單，威力強大的詛咒就更不用提了。多數的詛咒創作者都因詛咒達成特定效果而滿足。我是不知道他們為了什麼理由而下咒，但是光做個半成品他們就能感到滿足，這點真令我不敢相信。

我跟他們不一樣，我要做出對象不分男女老幼，可以殺死任何人的詛咒。我覺得自己要是做出完美的詛咒後，便能理解死後的世界。如此以來，我就可以從名為

「死亡」的這股壓倒性的力量逃出一片生天。

三月十三日

今天是××高中的放榜日。中午過後我到學校去看榜單，不用說我當然上榜了。雖然沒為這場考試特別念書，但我可不覺得自己考不上當地的公立高中。我向在客廳裡的母親報告這件事，她什麼也沒說，只是點點頭。看起來就是對我的事情毫無興趣。我原本也想對父親報告此事，但他今天晚上沒回來。最近父親並不常回家。

他跟母親間好像也沒什麼對話，說不定他們會離婚。

四月六日

今天是××高中的開學典禮，父親和母親都沒來學校。我被分配到一年A班，班上總人數為三十六名，男同學的數量較多一些。大家都在跟以前同國中的同學交談。班上雖有幾名以前跟我同校的，但是沒人過來和我說話。級任導師是個男的，他負責教日本史，講話聲音太小，害我都聽不太清楚。在簡單自我介紹過後，班上移動至體育館參加社團博覽會。學長姊都相當熱情拚命地宣傳自己的社團，但我沒一個感興趣的。此時，坐在我隔壁的同學對我說。

「嘿，妳要參加哪個社……」

她一看到我的眼睛，嘴裡說到一半的話突然就停了。她表情僵硬，將視線從我身上移開，放在裙子上的雙手還微微顫抖。我的眼睛有那麼可怕嗎？

結果到最後，她再也沒有跟我說話了。

五月十四日

出版社打了通電話，通知我之前投稿的小說得了什麼獎的樣子。對方還相當有禮地告訴我文章將會刊在七月分的文藝雜誌上頭。對方說想跟家長說幾句話，我便把聽筒轉交給母親。母親也沒什麼反應，聲音低沉地地回了幾句話而已。我投稿的文章裡並沒有詛咒文。

只是一篇以女高中生為主角的驚悚小說。不過，文章會刊在文藝雜誌上頭算好事一件。

我正好能確認自己所寫的文章是否足以吸引人閱讀。我能寫出令人熱衷閱讀的小說，接下來只剩把文章跟詛咒兩者結合而已。

七月十日

文藝社顧問山下老師想拉攏我參加社團，看來他是在文藝雜誌上看到我的作品才有此念頭。我早已拒絕入社，老師卻死纏爛打不肯死心。我目的只在完成詛咒，並不想當個作家，也不打算參加文藝社研究小說。話說已經有數十家出版社寄了作品讀後感給我，這點比起參加高中社團所能獲得的情報資訊更加有益，絕對沒錯。首先，跟我一樣參加文藝競賽的文藝社社員全盤落選，可見社團水準相當低。就算參加這麼一個社團，也沒意義。

山下老師一臉惋惜，不知道嘆了多少次氣，只不過是高中的社團活動而已，他還真是熱心。但是如此熱心的老師，旗下弟子卻沒有一人能在比賽中得獎，我個人認為他並沒有身為教導者的資格。

十月十一日

我今天依然不吃晚餐，埋頭研究詛咒直到凌晨三點。然而，結果並不理想。將詛咒文章套進小說裡後，詛咒效果會打折扣。如此詛咒大概只對意志力薄弱者有效吧。我明明已理解詛咒的原理，為什麼研究卻無法順利進行？

我試著傷害自己的身體，卻一樣想不到什麼好點子。使肉體流血、接近死亡狀態，才能理解詛咒的真意才對啊。今天流了太多血，害得我頭痛了起來，只好先休息就寢了。

三月二十五日

春假從明天開始。我持續研究詛咒已超過一年以上，到現在還寫不出一部詛咒小說。我知道這世上存有詛咒。但那些效力強大到足以殺人者數量稀少，而且淨是針對特定對象。

如果目標只侷限在一個人身上，就可以套用單純的公式，但那也不行。我想做的詛咒，是可以殺了所有讀者的詛咒，不針對特定對象的詛咒。難道活人就創造不出那樣的詛咒嗎？看來是少了些什麼。是少了什麼呢……

四月七日

新學期開始第一天，我看了分班表之後，前往新的教室。我環顧教室一周後，突然被數名同學包圍，有個笑聲高亢刺耳的女人在我眼前。

女的看到我進教室，眉頭明顯深鎖。我可不記得看過這個人，但看來對方好像認識我。我無視那女人，走到空座位坐下。後面傳來談話聲。

「園田同學，妳怎麼了？」

「……沒事啦。」

看來那個女的名叫園田。儀容端正，但眼神看來尖銳險惡，整體給人的印象跟佳奈很像。

級任導師指名剛剛那個女的當班長，她一年級時好像也曾當過班長。她站在講臺上，威風地向全班同學問候。看來她的腦筋比起我妹妹佳奈還好，想必在班上也相當有人望。不過那都跟我無關，就隨他們高興便行。

四月十四日

同班的日高由香突然跑來跟我說話。日高由香她是文藝社的，想來邀請我參加文藝社的樣子。

聽她那麼說，我知道她是受文藝社顧問山下老師所託才來。當我拒絕邀請，她則是稍微嘆氣後便轉頭就走。她跟山下老師不一樣，並不打算積極地拉攏我。

當授課結束我走出教室時，日高由香的身影映入眼簾，她正跟隔壁桌的同學高興地聊天。看來早已忘記她剛剛才跟我說過話。

要是有時間跟同學聊天的話，還不如去文藝社寫寫小說。就是因為有你們這些不認真創作小說的社員，文藝社的水準才如此低落。要是她沒犧牲所有來完成一部作品這種決心跟想法，是當不了什麼大有可為的作家的。

四月二十五日

今天課堂上發回了之前數學小考的考卷。由於只有我獲得滿分，××老師特別在班上宣布此事，我能感受到班上同學帶刺的視線。要是嫉妒別人考取好成績，自己多認真讀書便行。高中數學這種玩意，比起創作小說可說是輕而易舉。放學後我順道去了書店一趟，買了詛咒相關書籍。

吃過晚餐讀了書後發現，裡頭寫的詛咒全都是假的，根本派不上用場。

五月十二日

今天班會受到園田詩織追問，她以為我體育課之所以請假休息是為了私底下偷偷唸書。笑死人了，我根本不想為了提升自己的成績做到那種地步。我的確曾在體育課請過許多次假，但那可是我的身體已經疲累到無法負荷了。我並沒有向學校的人講我得了癌症，同時也請雙親對此事保密。因為我討厭受到他人同情。被比我能力還差的人投以同情的眼光，這事讓我無法忍受。

園田詩織在講臺上低頭看著我，她塗有護脣膏的嘴脣看來些許歪曲，只不過當著群眾的面對我興師問罪而已，就以為自己贏了嗎？就算如此，我還是不想說因為自己得了癌症。我說了聲「對不起」，便低頭離開教室。

跟比自己水準還低的人互鬥也沒意思。園田詩織她想當班上女王的話，就讓她當吧。我對那種小世界一點興趣也沒有。

五月十三日

看來園田詩織並不認同我那聲賠罪。全班的女孩子今天一整天都無視我。在這起被控制的行動背後，一定是那自以為是班上女王的園田詩織在搞鬼。做這種事有什麼意義嗎？我本來就跟班上同學毫無交流，身處新班級也約兩個月，我自己連曾跟別人閒聊過的記憶都沒有。難道她以為像這樣的我，在跟別人打招呼受到無視後會很在意嗎？真不敢相信她在下達指令前竟然沒有考慮到這點。園田詩織雖然考試考得不錯，但她腦子看起來好像不怎麼好。

五月十五日

早上一到學校，發現昨天不見的那本筆記本放在我桌子上，封面好像還被美工刀之類的劃上數十道痕跡。這招比起無視我還有效，看來這次她也多少用了點頭腦。手法雖然幼稚，這也算是詛咒的一種。是一種告知對方別人對自己帶有敵意，攻擊其身心的詛咒方式。不過，切割筆記本封面這也太沒效力了。

這對理解詛咒原理的我沒用是理所當然的，但是這對意志力普通的人也起不了多少作用吧。

我聽到背後傳來笑聲，轉頭後發現班上的宮內跟藤田正看著我笑。她們兩個是園田那一掛的，實際下手的應該是其中一個吧，然後下令的是園田詩織。這組幕後黑手也太好猜了。

五月十六日

因為園田詩織害的，今天明明身體不適，卻得參加馬拉松。讓體育老師站到自己那一邊，比起割爛筆記本還要更有效。

多虧了她，害我現在寫日記既頭痛又想吐，原本想研究詛咒的，今天還是算了吧。弄傷自己身體流血還是得趁身體好的時候才行，無法集中精神的話，一點意義也沒有。

五月二十二日

體重比起上個禮拜還輕了四公斤。照鏡子一看，連肋骨的輪廓都清晰可見，簡直就像個死人一樣。我真討厭因為上體育課或被找碴後，狀況就會變差的這副身體。會害我變成這樣的都是園田詩織，是那個女人害我更接近死亡的。那個什麼都沒有、什麼都不能做的世界……

五月二十六日

父親勸我住院觀察，看來醫院的檢查結果並不理想。大概我的癌症病情正持續惡化吧。我拒絕住院，都到這時候了，我才不想把自己的性命託付給醫生。都過了兩年，我怎麼可能會對連我的身體都治不好的醫生抱有任何期待。啊嗚××××哩，×××呃噫噫噫噫噫。死死死詛咒××××嗚啊。

六月一日

我必須撰寫校慶要用的話劇劇本，是園田詩織指定我寫的。她的目的是打算批評我的劇本，讓我丟臉吧。當她指定我寫劇本時，要我忍住不大笑真是辛苦。這樣一來，就跟園田詩織自投羅網要當我的詛咒實驗品沒兩樣。

一回到家後，我馬上著手撰寫詛咒劇本。劇本跟小說一樣，只要稍微改變點形式，就能把詛咒鑲嵌進去才對。時間所剩無幾，我一定要運用所有時間，完成詛咒。

六月三日

原來如此……是這麼一回事啊。只要×××（此處文字為相當危險的舉動，特此遮蔽）就好了啊。為什麼我到現在一直都沒發現呢？如此一來，詛咒的威力會更加擴大吧。我之前的想法果然錯了，只要再善加活用這一點就行了。

跟肉體逐漸邁向死亡成反比，但我知道自己的意識卻越發鮮明。如果是現在的我，無論哪種難題，我都能迎刃而解。

六月七日

放學後，日高由香又跑來找我說話。她的話聽起來好像是在擔心我，但是她也遵從園田詩織的命令，直到昨天為止一直無視我的存在。像她今天也是算準了沒其他人在，才跟我說話。她是個偽善者，幫助我並非她的目的，而是為了消除自己心頭上的罪惡感罷了。她應該會把錢投到為了救助孤苦無依孩童而設的捐款箱裡頭吧。

但是她絕對不會去當義工幫助那些孩子。她不僅把自己的事擺在第一優先順位，也只在碰到可輕而易舉解決的簡單之事時，才會伸出援手。我能夠理解，日高由香這人是多麼地膚淺。

六月九日

園田詩織的跟班宮內讀了我未完成的劇本。她讀了之後持續發生呼吸困難以及呼吸過剩的症狀，被救護車送到醫院去了。真是個蠢女人，我的目標可是園田詩織啊。算了，這樣她正好成了我的實驗品，就來確認宮內過了多久才會死吧。話說現在已經午夜三點了，我卻毫無睡意。明明昨天也沒睡，這到底是怎麼一回事……或許當意識覺醒之時，就不需要睡眠。腦中不斷浮現出有關詛咒的好點子，而且也太多了。我該用哪個才好呢……

六月十二日

宮內今天死了，也就是讀了劇本後花了三天才死。根據班上消息靈通的同學說，她的死因是窒息死亡。這跟妹妹佳奈死掉的時候不一樣，這詛咒影響到的並非精神層面而是肉體層面，這結果真叫人高興。呼吸跟詛咒這組合果然是對絕配。

我原本打算讓園田詩織讀上劇本，但她卻把筆記本拿給另一個跟班藤田了。這次藤田好像取代宮內當話劇副導演，這女的運氣真好。不過，宮內跟藤田都是園田那一掛的。將園田詩織留到最後一個才殺死，說不定也很有趣。

六月十四日

級任導師宣布同班同學的筱宮千春死了。她應該是發現了被山下老師沒收的筆記本。沒記錯的話，筱宮千春她是日高由香的好朋友。今天日高由香之所以沒來學校，是因為受到摯友死去的打擊吧。只不過是朋友死掉而已，這也太誇張了。藤田她也看了劇本，卻平安無事。我雖然知道致死天數會隨著對象的意志力跟體力變動，但是看到詛咒在藤田身上還沒有明顯的效力，讓我感到不悅。不過，我可以發現藤田確實中了咒，因為我看到她放學後在窗邊一直深呼吸。

她應該是在無意識間感到呼吸困難吧。我下的詛咒，即使對方不知道自己被詛咒了也能發揮效用。心裡頭的不安即將膨脹，進而破壞肉體。對詛咒比較有抵抗力的藤田，要花上多久時間才會死呢？

六月十五日

我終於懂了……我終於知道該如何才能永遠活下去了。只要我自己也變成詛咒的一部分就行了。捨棄這副快壞掉的臭皮囊，與詛咒合而為一就行了。到時候我會只把需要的身體機能移植到詛咒上。

首先是眼睛，視覺是為了繼續活在這世上的有用機能。再來是聽覺，這兩者是我最想要的。為了能夠自由活動，手腳也是必要的。就把這些必要的機能轉移到今日買的新筆記本上吧，把這些身體機能轉化為文字，移至筆記本上。不消說，在筆記本上我的行動將受到限制。要是筆記本被燒了，我特地轉移的身體機能跟意識也會隨之消失吧。筆記本只是暫時保管我這些身體機能的歸宿。

我的意識終將突破筆記本，完全自由。而觸發此事的關鍵點就是我的肉體停止運作之時。然後，隨著我的肉體死亡，完美的詛咒也將隨之完成。

快了，就快了……

六月十六日

山下老師自殺了。他好像是從屋頂跳樓自殺的，這件事在學校裡引起軒然大波。老師看來體格壯碩，精神意志方面卻格外薄弱。說不定正因為他是文藝社的顧問老師，才會容易受到鑲嵌在劇本裡詛咒的影響。放學後，看到一群眼神凶狠的男子正跟校長談話，他們可能是警方相關人士吧。他們可能認為這間學校陸續有人死亡，而覺得事有蹊蹺，但是宮內及筱宮千春為病死，山下老師是自殺的。

無需在意，被常識這副枷鎖束縛的大人，不可能知道我就是幕後黑手。比起這個，藤田到今天還沒死這件事才是個大問題。我必須改良文章，讓它可以更加確實地發揮殺人功效。

六月十七日

日高由香又來礙事了。正當我想把詛咒劇本拿給園田詩織看時，她又來攪局，才讓園田詩織逃過一劫。我的計畫本來是趁藤田死前讓園田讀劇本的，運氣實在太差了。

真沒想到在日高由香跟園田詩織兩人爭執的時候，班上同學竟傳來藤田的死訊。這樣園田詩織就不可能會讀劇本了吧。不，不僅這樣，說不定她會連學校都不來了。算了，只要再找其他方法讓她讀文章就行了。

對了，可以試著用手機的郵件看看。刪減文字，將其改造成讓詛咒能瞬間生效的文章吧。對現在的我來說，重新編排改變詛咒並非難事。班級聯絡網上有園田詩織的郵件地址，要查也不費工夫。雖然園田詩織應該不會看我傳的郵件，只要利用其他同學的名字就行了。就把日高由香的名字放到郵件的標題裡好了。從今天早上那樣子也看不出她們倆感情很好，想必那兩人並沒有互相記錄對方的郵件地址到手機裡。園田會光看標題就誤以為郵件是日高由香傳的可能性很高。

園田詩織她也算幸運的了，能夠死在這尚不完美的詛咒下。一旦我跟自己的詛咒合而為一後，我才不會用意識呼吸這種手法殺了她，我會偷偷地從背後一口氣折斷她的脖子。

將身體機能移至筆記本的作業也很順利，昨天成功地將眼睛跟耳朵的機能移轉過去了。

當我一轉換意識，就能從筆記本清楚地看見天花板，從眼球看出去的事物反而變得朦朧不清。反正這臭皮囊早晚要捨棄，只要留下能維持肉體基礎運作的身體機能就行了。骨頭的移植也別做好了。跟詛咒合為一體的我必定不需要骨頭支撐身體的功能，沒了骨頭，我的身體反而能自由活動。

什麼地方我都能橫行無阻地進入……使用詛咒之力打造的全新身體一定很棒，既不會生病，也不需睡眠就寢，這將會是個持有壓倒性威力的身體。

然而，如此完美的身體也有缺點。就跟一般肉體需要養分一樣，跟詛咒同化的肉體也需要營養補給，那就是活人祭品。每當有人因我的詛咒而死，就會替這個與詛咒合而為一的身體注入能量。當對方因詛咒而死，那個人的憎恨、痛苦就是我的餐飯。話說我今天體重少了兩公斤，說不定是把身體機能移轉至筆記本才會這樣。

動作還是快點好了，我還有些事得趁肉體尚在運作時不辦不行。

六月二十三日

晚上園田詩織打了通電話過來，照這樣子她應該看了我傳的詛咒簡訊吧。園田發出怪聲尖叫，不斷喊著「我要殺了妳」之後，便掛斷電話。

從電話那頭傳來她急促的呼吸聲，可以得知我重新設計的郵件用詛咒能正常運作。可是，因為縮短了文章篇幅，使得效果得打上折扣這點真可惜。這樣一來，園田詩織說不定還得過一星期才會死。算了，拖著這副快爛光的身體，做事不可能盡善盡美。我該對自己能把詛咒文章縮短又能發揮功效這點感到滿足才是。反正詛咒的威力將會透過與我融合而有飛躍性的成長。同時我與詛咒融合的準備工作已完成，從我手邊的筆記本，也就是我的分身，傳來些微脈動。我總算趕在肉體滅亡之前辦到這件事了。

現在的我擁有兩個容器，一個是受到癌症啃蝕的肉體，另一個是將身體功能移轉過去的筆記本。雖然兩者皆是有形實體而存在這世上，但我的意識只有一個。

如今意識還存活在肉體上，當我的肉體停止生命活動後，意識就會自動轉移至筆記本上。然後我的意識會藉由肉體死去所產生的能量，離開筆記本這個暫時的避風港，而獲得真正的自由。這就是我所發現「能永存於這世上的方法」。唯一的缺憾是我無法將說話的功能移轉至筆記本上。不管我試了幾次，總是不順利。我試著將意識切換至筆記本上說話，卻只能發出沉悶的低鳴。我還有時間的話，說不定能想個辦法處理。可惜我的時間已所剩無幾了。

為什麼這麼說呢？因為我馬上就會被園田詩織殺了……這並非預言，我可是有十足把握的。

通話中她的聲音蘊含著一股發狂的情緒。我知道她是真的想殺了我，但那正是我所冀望的。由我創作的詛咒文章，將會因為作者本人我死去後產生劇烈的變化。我自殺時所產生的變化要比病死來得大，然後遭到他殺所產生的變化又比自殺還來得強烈。雖不知園田詩織會以何種手法殺了我，但我將樂於接受她所做出的一切行為。

這篇詛咒文章將會慢慢地廣於流傳吧。喜歡超自然現象或怪力亂神者，一定會想讀讀看慘遭殺害女學生所寫的詛咒文章。當然，他們也不會相信世界上有詛咒這種玩意。他們應該會抱持著像在半夜試膽的心情讀我寫的文章吧，殊不知那是個貨真價實的詛咒。

在他們讀了文章，開始感到呼吸困難、有意識地進行呼吸時，就會感到真正的恐懼吧。我自己雖然不知道當我與詛咒合體時，詛咒會有怎樣的效果。但是，無論如何，只要讀了詛咒文章的人，終將難逃一死。然後我會吸取他們的生命，永遠地活下去。我的詛咒，將無人可擋、無人可制止。

對了……也把詛咒郵件傳給日高由香好了。來確認看看，她是否會賭上自己的性命試著化解詛咒。反正人類最重視的都是自己的性命，跟自己相較之下，家人、情人、好朋友全都像是毫無價值的石塊。正因為這樣，詛咒才會存在於這世界上。要對地球上的生物下咒的話，詛咒只對人類有效。

詛咒從數千年前便一直存在，直到人類滅亡也不會消失吧。然後我將與詛咒融合，繼續活上數千年，不，是數萬年。

我已不懼怕死亡，就算日高由香發揮她那虛偽的正義感，找出破解我詛咒的方法，這串詛咒的連鎖效應將永遠持續。跟我的詛咒扯上邊的人，會催生出全新形式的詛咒。然後會有人陸續遭咒殺死去。詛咒自古以來，便是以此形式流傳至今。

當我一回過神來，發現窗簾外天色已變，不知不覺間已經早上了，差不多該準備去學校了。我也不需要這筆記本了，就寄給日高由香吧。現在回想起來，日高由香曾多次跟我扯上關係，雖然她都是秉持著那副半吊子的偽善態度而來，但我多少也有點想讓其他人知道，當我還是個人的時候，自己是怎麼想的。只要先把日記本放進紙袋，寫上日高由香的名字跟她家地址，待我肉體毀滅之時，雙親就會幫我寄出吧。好了，差不多該出門了。今天一定會是值得紀念的一天。會是我重生的一天。已無其他事物能束縛我。

我將獲得真正的自由。

葉山雪子的懺悔

葉山秀正先生

歡迎回家。

突然看到桌上擱著這麼一封信，想必您會感到困惑才是。

不過，我卻有事非得對您說。

您可能會想，有話直接跟我說不就行了嗎？

然而，這件事我卻無法當面跟您坦白。

因為我光靠寫信表達這件事就很吃力了。

為了向您傳達如此殘酷的事實，我不知煩惱了多久。

也數次將寫到一半的信紙撕裂丟棄。

就算如此，身為您的妻子，以及優輝和陽菜的母親，

我必須向您報告這件事。

因為，這是我的使命。

在您調職至別處時，好好守護這個家庭是我的義務。

即使如此一來會傷了您的心。

即使如此一來會讓您感到苦惱。

這封信很長。

還請您耐心、冷靜地讀完它。

跟您相遇當初，是我以新人身分剛進到×××電器公司上班時呢。

我被派至電腦賣場服務，大我兩歲、同時身為上司的您，總是親切地教導還是新手、一無所知的我。這話您聽來可能想笑，但是當我第一次遇見您的時候，便有預感我們兩人會在一起了。

然後，預感果真實現。

三年後，我成為您的妻子，離開×××電器公司，轉職成專任家庭主婦。生了優輝跟陽菜這兩個孩子，肩負起母親這個幸福的重責大任。您也成功的扮演家庭支柱的角色。

您隨後當上電腦賣場的領班，晉升至副店長的職位。雖然離市中心遠了點，但您依然買下了這幢漂亮的兩層樓房子。

兩個孩子成長茁壯，我生活雖平凡，卻也感到幸福無比。

一切原本都是那麼快樂順遂，為什麼會突然變成這樣呢？

這一切都是在您單身調職到福岡一個月後，女兒剛迎接十七歲生日時，無心說出的一句話所引起。

「媽，妳知道什麼是『詛咒小說』嗎？」

當時我正在廚房準備晚飯，聽到陽菜說的話，停下握有菜刀的右手。

陽菜坐在客廳的椅子上玩著手機。她有著遺傳自我的雪白肌膚跟秀長的黑髮，雙眼皮更是像極了您。她當時穿著便服T恤跟牛仔褲，煞是好看。

「詛咒小說？妳怎麼還在看那種東西啊。」

我為了讓陽菜能清楚聽見，故意嘆了好大一口氣。

最近陽菜迷上驚悚類的東西，時常觀看恐怖片或電視上播映的靈異特別節目。說真的，我並不認為那是個好興趣，但那也是陽菜的個人特色，我也拿她沒辦法。

「沒有啦，我還沒看。人家說網路上可以讀，所以我正在找。」

陽菜緊皺眉頭，凝視手機畫面。

「聽說讀了那部小說，就會被詛咒耶。」

「被詛咒？」

「嗯，讀了小說的人好像會被詛咒致死呢。」

「被咒死……這樣妳還想讀嗎？」

面對我的提問，陽菜嘴角上揚答道。

「因為很有趣呀，那一定是部很可怕的小說。」

「我可不想讀什麼恐怖小說呢。」

「話說媽妳總是在看那些無聊的戀愛小說呢。」

「無聊又沒關係。比起小說，妳學業沒問題嗎？明年開始妳也要升高三了，差不多該認真好好讀書囉。」

「反正大學隨便一間都可以啦，反正我又不可能像哥哥一樣考進國立大學。」

陽菜噘起嘴，雙腳不停敲著椅子。

「不行從一開始就放棄啦，離考試還有一段時間呀。」

「不是放棄，是我不想去考那些分數很高的學校啦。」

陽菜話說完，不悅地從椅子站起身來離開客廳。

每次提到讀書向學的話題，她總是那樣子。

我自己也知道，一切原因就出在比她大三歲的哥哥優輝身上。

優輝個性敦厚、乖巧聽話，同時做事也相當認真努力。兩年前當他考取隔壁縣的國立大學時，我們四人還一起慶祝他入學呢。

他搬出去住進學生專用公寓時，我多少會感到不放心。但當我看到成績單上寫的都是「優」，心裡的不安也都煙消雲散。

我相信，優輝他會成為一個人見人愛、受各方尊敬的大人。

另一方面，相信您也知道陽菜的成績是怎麼一回事。總是有幾科都不及格，之前被班導古賀老師警告說她可能會留級。

陽菜她絕不是個不聰明的孩子。她小學時成績優秀，也當過班上幹部，她也在讀書心得作文比賽拿過獎對吧。

但是，在校成績卻惡化到如此程度，果然是她花太多時間在興趣消遣上頭的關係。剛剛我寫到，陽菜會喜歡那些怪力亂神的東西也是她的特色，所以沒辦法，但凡事果然還是得要有個限度才對。

陽菜放學後馬上就回到二樓的房間，打開電腦看恐怖片的DVD，還會書寫驚悚小說貼到網路上去。

完全不見她預習或複習課業的樣子。

更嚴重的是，陽菜她看起來好像根本無心讀書。就算在學校的考試再怎麼差，她總是毫不在意地說：「反正在學校學的那些東西，日常生活又用不到。」

不消說，她一定會有那樣的想法，但是最嚴重的問題，還是在於她那優秀的哥哥優輝。我想，是因為有個再怎麼努力都贏不了的哥哥在自己前頭，陽菜才會失去用功念書的意願吧。

陽菜跟優輝不一樣，是個女孩子。她不見得只能當個職業婦女，也有專職家庭主婦這條路可走。或許當個家庭主婦，比較適合討厭讀書的陽菜吧。

可是，高中生留級的話，這可就不得了。

待單身調職結束後，您一回家必須向您報告的第一件事，就是陽菜被留級的話，那也太可悲了。

為了不發生那種悲劇，身為母親的我在此得好好振作才行。

話雖如此，找不到方法解決這點也是事實。

短時間內，陽菜對優輝抱持的情結看起來也無法處理，至少我希望她能把花在怪力亂神興趣上的時間縮短一些。

像她剛剛也提到了什麼「詛咒小說」之類的怪東西。

她現在一定在房間裡面玩電腦。

然後在網路上找著不可能存在的詛咒小說……

那種東西不可能存在……至少我那時候是這麼認為。

不，相信有很多人也是這麼想的。

這世界上竟然有看了就會被詛咒的小說……

隔天，陽菜臉上頂著黑眼圈下到客廳來。

如果她是熬夜讀書的話，我會很高興啦，但情況看起來並非那樣。

她一定是在網路上查昨天說的那個詛咒小說。

陽菜不停地打呵欠，咬著早餐的麵包，搖搖晃晃地出發去學校。

看她那樣子，無法讓人認為她可以好好上課。

正當我苦思有沒有什麼好方法之際，腦裡突然浮現出一個好點子。

請優輝來當陽菜的家教老師吧。

沒錯，再過一個月左右就八月了，優輝會趁暑假時回家來。

成績優秀的優輝應該知道考試的重點在哪，讓他當家教老師也跟去補習班不同，不必花錢。雖然對優輝抱持著負面情結的陽菜可能持反對意見，但現在可不是顧慮那些事的時候了。相信陽菜本人也會覺得留級是很丟臉的。

之後，我馬上撥了電話給優輝。

由於優輝沒在上課，他馬上接起電話，並欣然接受暑假期間擔任陽菜家教老師一職。

傍晚，玄關的門大力打開，是陽菜回來了。

「陽菜，我有話跟妳說。」

「等一下等一下，我很忙啦。」

陽菜這麼回答後，很激動地跑上階梯。

「怎麼了嗎？妳怎麼急成那樣。」

「我找到了詛咒小說的網址，等一下就要開始看小說，妳別來煩我喔。」

「我說妳啊，怎麼又在做那種事。」

二樓傳來房門緊閉的聲響。

這樣的話，我說什麼都沒用。

等一下吃晚飯的時候，不跟她好好談談不行。

我雖這麼想，但是到了晚餐時間，陽菜依然不踏出房門一步。

我喚了她好幾回，但她依然不回應我一聲。

要是她能把這份熱情用在讀書上，我就不必擔心她會被留級。

我只能嘆氣，用保鮮膜把陽菜的晚餐包起來。

隔天當我看到昨日的晚餐在桌上原封不動，我也忍不住發怒。

「陽菜！為什麼妳沒有吃晚餐！我還特地做……」

我話說到一半便停了下來。

因為我發現陽菜看起來怪怪的。

陽菜臉色鐵青，眼裡空洞無神，還能從她半開的嘴裡聽見呼——呼——呼吸困難喘息聲。

「陽、陽菜，妳怎麼了？」

陽菜無視我，人坐在木製的椅子上。

深深的吐了一口氣，兩眼呆滯地看著客廳的牆壁。

「喂，妳到底怎麼了？身體不舒服嗎？」

「沒有啊……」

「什麼沒有啊，妳臉色明明看起來就不好，呼吸還不順耶。」

「呼吸不順？」

「對啊，妳剛剛還呼——呼——地喘氣呢。」

「這樣啊……原來我的呼吸變得不正常了呢……」

陽菜回話後，蒼白的臉孔微微笑了一下。

「好厲害……太厲害了……這真的太厲害了……」

「妳在說什麼很厲害啊？」

「小說啊，『日高由香』的小說。」

「小說？妳說的是那個詛咒小說嗎？」

陽菜點點頭。

「嗯……貨真價實的……」

「貨真價實？貨真價實的什麼？我說妳啊，怎麼從剛才都在講一些奇怪的話啊。」

我定睛一看，發現陽菜的雙肩正不停顫抖。

在失去血色的雙唇內，潔白的牙齒持續碰撞發出聲響。

都已經這副德性了，她卻還在笑。陽菜隨後不穩地從椅子起身，步履蹣跚地走向玄關。

「陽菜，妳是要上哪去？」

「……學校。」

「身體都這樣子了……妳還要去學校？」

陽菜不理會我如此擔心，發出笑聲離開家裡。

陽菜她到底怎麼了？

我相當擔心陽菜不吃早餐，對她的身體不知會不會有什麼大礙。

因為她昨天連晚餐都沒吃。

這樣下去，她說不定會在學校體力不支倒下。然而，現在卻不是擔心這個問題的時候。

真正發生異狀的不是陽菜的身體，而是她的心。

我是在三天後才發現這一點的。

那天，我準備出門買東西時，客廳的電話突然響起。是陽菜的導師古賀由美子老師打來的，我當下以為是陽菜在學校昏倒了，然而古賀老師所要報告的並非如此。

陽菜好像跟其他同學起了爭執。

古賀老師的語氣聽來相當困惑。

「葉山媽媽妳有聽過『詛咒小說』這種東西嗎？」

我的心臟好像在一瞬間揪了一下。

「那個該不會是陽菜在網路上找到的……」

「是的，我想應該就是那個。陽菜同學也有拿那個讓我看過。據說看過那篇詛咒文章的人就會死的樣子。當然，這我並不相信。」

「請問那跟陽菜有什麼關係嗎？」

「其實，陽菜同學她好像有把那篇文章用郵件的方式傳給班上其他人的樣子。」

聽筒那端傳來古賀老師無奈的嘆息。

「然後，班上的伊原亞美同學便真的動怒……」

「真的動怒？那不就只是個恐怖小說而已嗎？」

「是這樣沒錯，然而班上也有不少人真的相信那詛咒文，甚至有人因為這樣感到不舒服還被送到保健室去了。我想這跟那小說也有關係。」

「這樣啊……」

我不自覺的用右手捂住嘴巴。

「請問那位同學她人還好嗎？」

「是的，她放學後整個人好很多了。只不過，她變得好像特別在意呼吸呢。」

古賀老師為了不讓我操心，刻意用比較有活力的聲音回答我的問題。

「雖然陽菜同學喜歡那些驚悚的玩意，所以並不怕詛咒。不過班上還是會有人不怎麼喜歡那種東西，希望能請葉山媽媽您那邊能多加注意。」

「是、是的。因為我家女兒而引起如此軒然大波，真的是非常抱歉。」

待通話結束後，我坐在客廳的椅子上。

我知道自己因為感到羞愧而臉頰發燙。

陽菜喜歡詛咒小說這點我自己知道，但是讓害怕驚悚事物的同學讀那種小說實在太沒禮貌了。

都已經是高中生了，竟然還不懂這點道理。

等陽菜回家後，我一定要好好嚴厲地教訓她！

幾個小時過去了，我馬上喚住一回家就打算爬上二樓的陽菜。

「陽菜！今天古賀老師有打電話到家裡來喔。妳這孩子到底在幹什麼！」

陽菜在階梯上緩緩回過頭來。

在陰暗的階梯上，唯有陽菜的黑眼珠閃閃發光。

「……古賀老師？」

「對呀，妳是不是把那詛咒小說傳給班上的其他同學看了？」

「喔……對啊……」

「對妳個頭！有的同學還被妳害到送保健室了。妳不多注意點不行啦。」

「注意？」

「要妳注意班上有很多孩子跟妳不一樣，並不喜歡恐怖的東西啦。因為她們把那詛咒小說當成是真的了。」

「當成真的？」

陽菜語氣聽來陰沉。

「對、對啊，雖然妳早就看慣了那種東西，才可以把它當成虛構的而樂在其中。」

「那是真的喔……」

「咦？妳說那話是什麼意思？」

「就是說那個詛咒小說是真的。」

陽菜露出我從沒看過的笑容。

嘴唇兩端向外延伸擴張，更有唾液從唇間縫隙流出。

這讓我不寒而慄。

在我眼前的女兒，我感覺她變得好可怕。

「陽菜……妳知道妳自己在說些什麼嗎？要是那詛咒小說是真的，這樣就等於是在殺人妳知道嗎！」

「那我當然知道。」

「妳說妳知道……難道妳想當個殺人犯嗎？」

「媽，妳放心啦。我不會被警察抓的。」

陽菜稍微歪頭，臉上露出微笑說道。

「就算有人真的因為看了詛咒小說而死，讓對方閱讀小說的人也不會背上刑責。因為妳沒辦法證明對方是因為詛咒死的啊。」

「問題不在那裡！妳想殺人嗎？」

陽菜並沒有回答我的問題。

她臉上覆著一張微笑的假面具，就這麼上樓去。

我整個人有如銅像一般，當下無法動彈。

從頭部滑落的汗珠沾溼了我的上衣，但這並非家中蓄積的夏日暑氣之故。

「陽菜……」

我低聲呼喚了女兒的名字。

陽菜並不是個無法判斷是非善惡的孩子。她雖然能笑著看電影裡的殺人橋段，是因為她知道那是虛構的。可是……

——詛咒小說。

我腦中浮現上面那個詞語。
正是那樣，陽菜她就是看了詛咒小說後，才會變得那麼奇怪。
我雖然不知道小說裡寫著些什麼，但是讓陽菜換了一個人的原因就在小說裡才對。
我進到書房，打開您使用的電腦。
在搜尋引擎搜尋「詛咒小說」，查看幾個可疑的網站後，並未發現貌似陽菜讀的那部小說。
正當我煩惱接下來該怎麼做才好時，我突然想到陽菜曾提過的詛咒小說作者名。
「好像是……日高……由香的樣子。」
我在搜尋欄位輸入「日高由香」四字。
螢幕上顯示了一堆可能相關的網站。
我移動滑鼠選擇了其中一個網站，點進去之後畫面上出現了一堆詭異的文字。
文章裡有著四、黑、殺、怨、死、鬼、血等等，一堆莫名其妙的漢字，整體組成宛如一首詩。隨後是一串數字的排列組合，最後以英文字母、片假名跟數字組合的段落作結。
畫面最下方還有一段以紅色字體顯示「讓我們一起來擴散詛咒吧！」的字樣。
這篇文章我雖看得一頭霧水，卻能感到事情不太對勁。
文章看起來就像充滿了許多惡意……

我感到呼吸不順暢，一直深呼吸。

我只是看了螢幕上的文章而已，為何呼吸會變得如此難受？簡直就像背著重物爬坡似的。左胸口深處好像也有點疼，或許是我想太多了吧。

我猜想這段詭異的文章，跟陽菜提及的詛咒小說有所關連。

而且，我的猜測正確無誤。

後來我在其他網站讀了日高由香所寫的小說，那是部以某女高中生黑羽比那子所製造出來的詛咒為題材創作的作品，並且在網路上廣為流傳。

我一開始看到的那段詭異文字，就是黑羽比那子所寫出來的詛咒文章。

陽菜應該是讀了小說後，深信自己被黑羽比那子下咒了。

雖然這只是小說中的設定，但是看了詛咒文章的人，都會被黑羽比那子所殺。而且詛咒無法化解，活下去的唯一方法是讓更多人看文章，減少自己被殺害的機率。

我坐在書房的椅子上，深深地吐了口氣。

原來如此……想得還挺周全的。

如此一來，相信自己被下咒的人，便會因為懼怕詛咒進而流傳該小說。

我猜，我第一個查看的網站網管，想必也是讀了日高由香的小說，才把那段詛咒文章貼在自己的網站上。其目的就是為了讓更多人看到那段詛咒文字，即使人數不多。

我能充分理解如此行為，畢竟不那麼做的話，自己死亡的機率將會提升。

但是，我覺得陽菜所表現出來的行為卻不太一樣。

陽菜她的確是給班上同學看了那段詛咒文章，但我認為她的目的並非減少下一個輪到自己死亡的機率。

她彷彿就像發現了什麼有趣的新遊戲……

陽菜讀了詛咒小說後，她看起來一點也不懼怕死亡。

她明明相信自己已被下咒，像她剛剛還笑得出來。縱使這世上已有為數眾多的人讀過這部小說，自己會死的機率相當低，越是相信自己被下咒的人，內心的恐懼應該會更加放大才是。因為有許多人無法戰勝自己的心魔、按捺不住心裡的恐懼，才把詛咒文章散播出去，如此事實就在眼前。

我緊咬下嘴唇，關閉電腦的電源。

我知道陽菜會變成那副德性的原因了。

她害怕的如果是詛咒，只要向她說明詛咒都是騙人的就行了，但是陽菜並非如此。

她相當尊敬散播詛咒小說的作者日高由香，她自己覺得用詛咒殺人並沒什麼大不了的。的確，下咒殺人並不會背負實質上的罪名。但是殺人這種念頭就是極大的錯誤，那在倫理上並不被允許。

該怎樣才能說服陽菜呢……

我當下有想過要找您談談，不過我馬上就改變想法了。

因為您為了我們一家人如此拚命工作，家裡的事必須交給身為家庭主婦的我來解決才行。因為那正是我的職責。

唉……現在回想起來，當初沒跟您商量這件事，是我所犯下的錯吧。竟因為我受到主婦的自尊阻擾，導致事情變成一場悲劇。

在那之後過了幾天。

陽菜每天都相當有精神地上學，也會乖乖吃飯，在班上也沒有惹是生非。但是身為她母親的我，發現陽菜身上有著細微的變化。她變得沉默寡言，當她沒來由地突然發笑後，還會眼神空洞地抬頭看向上方。

我對陽菜講過很多次，並非會背負罪名才不能殺人，而是殺人這件事本身就有問題，教導她不該有殺人的想法。

我一心一意想說服陽菜，但她卻充耳不聞。

「那戰爭咧？只要在戰場上殺人就沒問題了吧？而且媽，戰時殺了越多人越會被當成英雄喔。」

陽菜微微笑著回我的話。

「定不定罪都是依據人類制定的法律來裁決，而且當今日本法律上，用詛咒殺人並不會被判刑。寫出詛咒文章的黑羽比那子、散播詛咒的日高由香也不會受到法律制裁。這不是很厲害的一件事嗎？」

陽菜她彷彿發高燒、雙眼溼潤地如此說道，卻讓我背脊發涼。

她之所以會相信詛咒這種東西，也是沒辦法的。陽菜只有十七歲，又對這種怪力亂神的東西有興趣。但是因為不會被判刑，所以殺人不打緊的這種想法，未免也太過危險了。

為了矯正陽菜那危險的思維，我試著尋找那部詛咒小說內容全都是胡說八道的證據。可是日高由香的小說中，並無巨大的矛盾之處，網路上也有許多人認為小說純屬虛構，但是卻沒有足夠的理論來證明小說是虛構的。

這樣的話，我根本沒轍。

我只能祈禱陽菜對這類玩意的熱情早日冷卻。

然而我的願望卻顯得空虛無意義，因為陽菜她人越來越詭異了。

那一天，我在廚房準備晚餐。當我把煮好的燉菜端到客廳桌上時，發現窗外有東西正微微動著。

有著土黃色翅膀的大飛蛾，攀在院子裡的楊梅樹上。

蛾並沒有什麼好稀奇的。因為種類就跟有時會在玄關照明處徘徊的一樣，相信您也看過。令我在意的是樹上有著十幾隻蛾，而且牠們還在樹幹上呈十字排列。

這光景讓我覺得不可思議。我進到庭院，靠近楊梅樹後，蛾群開始拍動翅膀。

但是，卻沒有一隻蛾飛離樹幹，蛾群只是拍著翅膀並沒其他動作。此時，我看到從蛾的身體上有個閃著銀光的物體。
那是根小蟲針。蟲針貫穿軀體，將蛾釘在樹幹上。
我大聲尖叫，從楊梅樹旁跑開。排成十字狀的蛾群對我的動作起了反應，一同拍動翅膀，土黃色的鱗粉四處飛散。
我嚇得全身發抖，宛如全部蛾群附在我身上的恐怖幻覺向我襲來。這讓我連一會兒都不想多待，我馬上逃進房子裡頭。
當我在玄關調節紊亂的呼吸時，走廊另一端傳來陽菜的聲音。
「媽，妳怎麼了？」
「院、院子裡的樹上有蛾……」
「喔——那個啊，那個怎麼了嗎？」
聽到陽菜這麼說，我瞬間停止呼吸。
「妳說那個……難道……是妳用的……」
「對啊，雖然那個失敗了。」
「失敗……」
「嗯，是個失敗的詛咒。那個是某本詛咒相關書上教的例子，但果然還是騙人的。古賀老師她還活蹦亂跳的說。」
「古賀老師……難道妳對自己的班導師下咒嗎？」
「因為她最近很囉嗦啊，而且好像還在監視我呢。」

陽菜歪著頭回話。

「要做出可以殺人的詛咒果然很難，難道沒有更簡單一點的方法嗎？」

「什麼更簡單的方法……為什麼妳現在滿腦子裡都想著殺人呢？」

「因為可以自由殺人很有趣啊，這樣一來就可以把看不順眼的人全部殺光了。」

陽菜蒼白的臉龐露出淺淺的微笑。

「當我發現詛咒小說時，可是相當興奮呢。不過，光靠把小說拿給我想殺的人看，要等到他死得花太多時間，因為黑羽比那子的詛咒已經廣為流傳了。」

「所以妳才想說用別種詛咒殺人……」

「嗯，不過就結果來看的話，那個方法是騙人的。看來還是得自己研發出一個新詛咒不可呢。」

「陽菜！」

我不自覺地大喊。

「妳絕對不可以去做發明詛咒那種事！」

「咦？媽妳不是不相信詛咒那種東西嗎？」

「那、那是……」

「要是世上並沒有詛咒這回事，我去做一個出來也沒關係吧？反正也不會真的生效。」

「陽菜……」

「所以媽妳就別管我了。」

陽菜一臉驕傲地上樓去。

我回到客廳，坐在木製的椅子上。有股無力感占據全身。當我將視線移向庭院，可以看見排成十字狀的蛾群在拍著翅膀。我雖然想把蟲針拔掉讓蛾群逃走，但是那相當噁心，我完全不想回到院子裡。

我拉上窗簾，遮蔽那副景象。

隔天早上待陽菜去學校後，我戴上粗布手套用老虎鉗將釘在蛾身上的蟲針一一拔出。有幾隻蛾彷彿已死，針拔出來後便直接墜落地面。剩下的蛾群看起來也無力飛起，就這麼附在樹幹上，一動也不動。

看來牠們會就這樣死去吧。

說實話，我討厭蟲子。您也曾看過我因為看見蛾貼在窗上而大聲尖叫的醜態吧。我甚至還跟您說過，要是全世界的蟲子都能消失就好了這種話對吧。

就算這樣，我壓根都沒想過拿蟲針把蟲固定住這種事。

最近陽菜的發言跟行為，都充滿了輕視生命的思想。這難道是她讀了詛咒小說的關係嗎？

說不定您讀這封信時正在苦笑吧。

笑我女兒只不過是拿蟲針把蛾釘在樹上而已，就認定她怪怪的。

的確，在我還是小學生的時候，我也曾跟男同學玩過殘害昆蟲生命的遊戲。把螞蟻丟進蟻獅的巢穴裡，或是抓蚱蜢跟螳螂互鬥之類的。
我雖然也曾覺得那是很殘忍的事，但那時候我只是個不懂得尊重生命的小鬼頭。現在應該沒有高中生會做這種事吧。
更重要的是，陽菜的可怕遊戲並不僅止於此。

兩天後，當我在清理院子的時候，發現了排成圓形的金魚屍骸。
金魚身體上劃有十字型傷口，這一定是陽菜搞的鬼。
在那之後，我也看過許多使用屍骸做成的噁心玩意。
院子裡曾擺著著被絲線串起來的數十隻老鼠，以及被螳螂上半身貫穿的毛蟲等等東西。等陽菜出門去學校後，將那些東西埋進土裡成了我每天的例行公事。
接著，在學校開始放暑假的一週前，當我看到庭院的盆栽裡種著一顆倉鼠頭時，我深信不能再放任陽菜如此下去了。
我爬上階梯，打開陽菜房間的門。隨後啟動電腦，連上網路。
螢幕上出現了陽菜部落格的首頁，整體以黑色為基色，背景更繪有骸骨的圖案。黑羽比那子的詛咒文章還擺在正中央，以紅色字體呈現。當我點擊下方的留言板字樣，畫面馬上切換到留言板處。
我一一讀過留言板上所有文章。
「拜託請不要繼續散播黑羽比那子的詛咒文章了！可是有人打從心底感到害怕

的！」

「別在部落格首頁貼詛咒文好不好，看起來真的很討厭。」

「據說看了黑羽小姐的詛咒，就會無法呼吸窒息而死，這是真的嗎？散播如此詛咒的妳跟殺人魔沒兩樣！」

「我看了妳傳的郵件。真不敢相信妳會把詛咒文傳給身為網友的我，請別再傳郵件給我了。」

「是妳把詛咒文章貼在我家部落格的對吧？妳害我妹妹變得過度換氣了妳知道嗎？少在那邊亂來！」

光看留言板上的文章，可以得知陽菜正在擴散那篇詛咒文章。絕大多數的留言都在攻擊跟批評陽菜，但是陽菜看起來好像都沒回應他們。

我移動滑鼠，跳轉至寫有陽菜日記的頁面。

上頭寫著陽菜試著創造詛咒的情形。

「我在實驗品六號身上下了新的咒，但是他依然好好地來學校上課。是因為當成祭品的蟲子數量不夠嗎？發明新詛咒果然很難。」

「實驗品一號打電話來，說我讓她看了黑羽比那子的詛咒文章後，整個人變得不安且心神不寧。為了好玩，我還跟她說，因黑羽比那子的詛咒而死的人，會化成靈體痛苦地在人世徘徊，她還真嚇得半死。真是愚蠢，妳明明就不知道死後的世界會是怎樣。我明天打算去寵物店買倉鼠，我想拿倉鼠當祭品比蟲子還會來得有效果。」

「倉鼠一直死不了，我拿美工刀把牠的頭割超過一半以上了，牠反而還咬我，真不爽。」

「我做的詛咒一直失敗的原因，就在於我對死亡的知識不足。黑羽比那子她得了癌症，正因為她那麼接近死亡，才能做出真正的詛咒。我得更加體驗死亡才行。蟲子跟小動物不夠的話……就必須殺死更大型的生物。」

我以頻頻發抖的手關掉電腦的電源。

——殺死更大型的生物？

我腦中全是陽菜書寫的日記文字。說起比倉鼠還大的動物，那就是貓或狗了吧。要是殺了貓狗，會因為虐待動物而上新聞這種事並非不可能。要是陽菜因為虐待動物受到輔導，我的家人們會變得怎樣呢？

想必會被附近鄰居冷眼相待，您在公司的立場地位也會變得相當險惡吧。陽菜她自己也會一輩子被其他人說三道四。

我一定要阻止這種事情發生。

那天傍晚，我把剛從學校回來的陽菜叫到客廳來。陽菜她也發現我跟平常不太一樣，她默默地跟在我後面進到客廳。要陽菜坐在椅子上後，我馬上開口。

「今天我在院子裡看到倉鼠的頭了。」

「那個怎麼了嗎？那個是我用自己的零用錢買的耶。」

「問題不在那裡！是妳殺了動物啊！」

「倉鼠這種東西，不是一堆人養了養就拿去放生殺掉嗎！」

「妳再來打算殺狗或貓對吧？」

陽菜聽到這樣問她，臉頰稍微抽動了一下，旋即以冷若冰霜的視線刺向我說。

「原來妳偷看我的電腦……」

「我知道這樣侵犯了妳的隱私。但是看著妳最近的行為舉止，我不得不那麼做。」

「……那妳想怎麼樣？」

「我想認真的和妳談談。」

我話一說完，陽菜歪著嘴脣笑了。

「妳是要認真跟我談什麼啊？」

「談妳的將來啊。妳再這樣下去的話，人生可就玩完了喔。」

「我只不過是殺了些動物而已啊？」

「沒錯，殺了蟲子而已的話，不會引起什麼大事。但是殺了貓狗，連警察都會出動辦案喔，說不定還會把妳當成精神異常的犯人呢。」

「……」

「妳差不多也該認清，用詛咒是根本殺不死人的吧。」

「才沒那回事。有人真的因為黑羽比那子的詛咒死了，看過詛咒文的朋友她們也變得怪怪的。甚至有人說她看到黑羽比那子的幽靈，還怕得要死咧。」

「就算黑羽比那子所下的詛咒是真的，那也是因為她本身特別才辦得到的。」

我兩手拍桌，制止想要反駁的陽菜。

「陽菜，妳聽好了。我也看了黑羽比那子寫的詛咒文章，我那時的確有點呼吸困難沒錯，現在只要回想起文章的內容，也會覺得不舒服。就某種意義上，可以寫出那種文章的黑羽比那子是個天才。跟學校考試差點滿江紅的妳不一樣。」

「……」

「連學校課業都顧不好了，妳是不可能去做什麼詛咒的啦。比起詛咒，妳還是想想將來的事吧。優輝他現在才大二而已，就開始在準備找工作囉。」

「妳又拿我跟哥哥比較……」

陽菜嘟囔了這麼一句。

「媽妳每次都這樣，馬上就拿我跟哥哥比較！」

「才沒有，我也沒叫妳要考上國立大學啊。就算只能擁有平凡生活，我也希望妳能過個普通的人生啊。」

「妳明明就很期待優秀的哥哥能夠過著最棒最美好的人生。」

如此反論讓我嘴巴僵硬無法動彈。我想反駁，但是嘴脣卻一動也不動。

的確，我對陽菜所抱持的期望並不如我對優輝那樣，但這並不表示我對陽菜有差別待遇。陽菜是個女孩子，她也有跟好男人戀愛結婚、當個家庭主婦這種幸福過生活的方法。這樣的話，平凡的人生反而讓人感到幸福。
就像跟您結婚的我一樣。
當我要把如此想法傳遞給陽菜時，她從椅子上站起來。
「媽，總有一天妳會知道，會讀書的人不見得很優秀的。」
陽菜撂下這句話，無視我而登上階梯前往二樓。
我下意識地嘆了口氣。
看她那樣子，是無法理解我心中想法的吧。
我真心祈求，希望她至少別去做出虐殺動物的舉動。
結果陽菜好像放棄殺動物這件事了。之前她三番兩次把蟲子的屍體擺在院子裡，現在都看不見她那麼做了。
我用書房的電腦檢查陽菜的部落格，發現她並沒有寫新日記。
說不定這是她正在提防我的一種行為，但是看她不像之前那麼瘋狂地更新日記，我想這也是好事一件。
——陽菜她可能放棄創造詛咒了。
我是這麼想的。陽菜已經嘗試了多種下咒方式，如果那些方法毫無成效，她會失去幹勁一點也不奇怪。
說真的，我認為陽菜那樣散播黑羽比那子的詛咒，就像個思想不健全的遊戲。

雖然那絕不是個受人喜愛的東西，如果她是在跟一樣喜歡怪力亂神的朋友圈內分享遊玩的話，又有什麼不好的呢？

對懼怕驚悚玩意的人來說，看了詭異的文章後想必會感到不愉快。但是，黑羽比那子所創作的詛咒既不可能是真的，就這麼點惡作劇而已，原諒她不是也沒關係嗎？

不……或許我是陽菜的母親，才會有如此想法。正因為有保護自己女兒的想法，才不想承認女兒所犯下的過錯。

總而言之，不管怎樣，只要不用再做清掃院子那種會讓我感到憂鬱煩悶的事，我是很歡迎的。無論死的是哪種小動物，只要看到屍體我就不免心情低落。

然而，我在隔天卻目擊到了人類死亡的那一瞬間。

傍晚，我抱著買的東西爬過陸橋。我看向右手邊，車站月臺上有著一群高中生。是班車差不多要進站了嗎？高中生們在白線後排成一列。

那時候，我在那群高中生中發現有個長得很像陽菜的女孩子。

我將雙手靠在陸橋的扶手上，探出身子仔細一看。

陽菜果然在那裡，她就排在從前方數來第二個位置。

雖然我只是稍微往下看，但我不可能會認錯自己女兒的長相。

——她為什麼會在車站月臺上？

這是我最先浮現於腦中的疑問。

您當然也知道，陽菜上的高中，只要從我們家步行二十分鐘就到得了。陽菜根本不需要搭電車，但是陽菜她人卻在車站月臺上。

正當我猜想，她是否要搭車到朋友家去玩時，列車已緩緩駛入月臺。

在那一瞬間，站在陽菜前面的女高中生突然像被推了一把，往白線前飛出去。我不小心「啊」了一聲。列車彷彿早已算計好女高中生何時會跌落軌道似地撞上女學生。

因懼怕而扭曲的臉龐消失於軌道下，被列車拖行。我能透過車窗玻璃，瞧見在首節車廂的列車長正在拚命大喊著什麼。他應該在踩煞車吧，不過從我這位置來看就能了解，那名女學生沒救了。

因為陷入軌道下的頭部已潰爛，經過拖行的手腳所呈現的扭曲方向更超越一般人體極限。

從我所在的陸橋上聽得到月臺處傳來尖叫跟哭泣聲。也有人大聲呼喊，請人叫救護車，不過那也沒意義了。

我上氣不接下氣地尋找陽菜的身影，卻毫無斬獲。

此時月臺上人潮增加，這樣要找出陽菜是很困難的。不知何時，列車前段已蓋上一件藍色塑膠布，幾位車站人員開始驅趕圍觀看熱鬧的民眾。

我走路開始搖晃不穩定，我竟然會目擊到人類死亡的場面。我永遠忘不了那位女高中生跌落軌道時的表情。睜開到極限的眼瞳、因恐懼跟絕望變得扭曲的脣。我明明是從遠處看的，她的細部表情我卻記得一清二楚。

——那位女高中生為什麼會跌落軌道呢？

如果她是自殺的，不會擺出那種表情才是。

當時，我腦內浮現陽菜的臉孔。

排在那女學生後面的是陽菜沒錯。陽菜於部落格上寫說要殺了更大型的生物，現在在她面前就發生了一起有人死亡的事故。這一切都是偶然嗎？

——難道是陽菜把那位女高中生推下去的？

如此可怕的想法在我腦中揮之不去。

我左右來回不停搖頭。

我怎麼會想像自己的女兒跑去殺人這種蠢事……

總之，我決定要詢問陽菜那時為什麼會在月臺上。下定決心的我，便加快腳步趕回家裡。

待我回家過了幾小時後，陽菜回來。

我相當自然地問陽菜說。

「妳回來啦。我今天看到妳在車站月臺上，妳是要搭車去哪裡嗎？」

陽菜的身體突然抖了一下。

「沒有啊……只是想說要去朋友那邊玩而已。」

「喔——我記得月臺那邊好像出事了呢。」

「……對啊，那是我們學校的學生。我想明天全校朝會校長應該會對我們訓話，叫我們要小心電車之類的。」

「對呀……」

我邊說話，邊觀察陽菜的樣子。陽菜她面無表情的看著手機，她的行為讓我感到不大自然。

「陽菜……難道妳……」

「難道什麼？」

陽菜狠狠地盯著我。深黑充滿光澤的眼球反射燈光，她的眼睛看來充滿了詭譎的光芒。那眼神讓我打了退堂鼓。

「……對不起，沒什麼事。」

我話說完，陽菜便默默地上樓。

我應該再更進一步追問下去才對，但是我辦不到。要是陽菜親口承認她把那位女高中生推下去的話……我光是那麼想，就說不出口。

那天我直到深夜都開著電視，但是電視上並沒有報導車站的那起事故。看來警方單純把它當成一場意外來處理吧。

我放心了。警察將之判斷為意外事故的話，陽菜就不會被拘捕。不，陽菜打從一開始就不是犯人。

那個女學生只是不小心被什麼東西絆倒而已。就那麼簡單。但是我會以為陽菜是犯人，也是因為她最近行為舉止異常的緣故。

我覺得自己如此操心煩惱真是可笑。就算我想冷靜下來，一旦撞見活人死去的現場，也會變得精神錯亂。

我突然想起那個被轢斃的高中生的雙親。

他們現在應該抱著自己愛女慘不忍睹的遺體痛哭吧。為人父母，沒有比喪子一事還讓人難過的了。雙親都望子女成龍鳳，構築一個幸福的家庭、長命百歲。

相信您也是如此認為，希望優輝跟陽菜能過著幸福快樂的人生。

我之所以會那麼想，可能也是受到目擊人失去生命的那一刻所影響。我原本還期望陽菜撞見那起事故後，就能理解生命之可貴。然而……

當暑假開始，陽菜常常把自己關在房間裡足不出戶。

如果她是對上個學期差勁透頂的成績心有不甘，而奮發向學的話那還好，但我一點也感覺不出來她在認真念書。她雖會下樓來吃飯，但她會待在客廳的時候就只有吃飯時間而已。

幾個禮拜以前她還會在客廳看連續劇，或是一邊吃零食看驚悚漫畫呢。

就算如此，對整體情況我依然樂觀看待。

只要再過十天，優輝就會放暑假回家裡來。只要三人聚首，我覺得彼此身為家人的羈絆便會好好運作。自從您調職後，這個家就只剩我跟陽菜母女倆共同生活。

這世上也有光靠母親跟女兒組成所構築成的美滿家庭存在，但是我認為，只有自己跟陽菜的話，要組成一個圓滿家庭實為難事。

唉……這話聽起來說不定就像藉口一樣。

我確實不能將一切都推往陽菜身上。

因為有部分責任的確就落在我肩頭上……

那天，陽菜難得打算出門。當她要步出玄關門時，我問她要上哪去，但陽菜只是笑了笑，並沒回答我的問題。

我原本以為出門至少比把自己關在房間裡還來得好，但直到深夜陽菜依然沒回家。我一直在等候陽菜回家。

待鐘錶上的日期顯示已換成隔天後，我開始擔心陽菜會不會被捲入什麼意外之中。

我擔心是否該向您報告此事。女高中生到了深夜還不回家，這在社會上或許屢見不鮮，但陽菜還是第一次這樣。

但是，我盡可能不想讓疲於事業的您再額外操心。

正當我苦惱而不知所措時，聽到玄關處發出聲音。我急忙跑向玄關，發現身穿黑色T恤以及牛仔褲的陽菜就站在門口。她手上還提著一只波士頓包。

「陽菜！都已經這麼晚了，妳是在幹什麼？」

陽菜露出詭異的笑容回答我的問題。

「我跑去玩了啊……」

「什麼跑去玩，妳以為現在幾點了？妳可是個女孩子，這麼晚還在外面遊盪可是很危險的耶。」

「也對，說不定的確很危險……」

陽菜彷彿想起什麼似地，嘴角上揚而笑，我看了非常不舒服。從陽菜端正整齊的面容上，好像正散發出宛如邪念般的東西。

我對陽菜手上的波士頓包感到好奇，她為什麼會提著那麼大一個提包呢……

「陽菜……妳手上那個包包，裡面裝著什麼？」

「要妳管，我要睡了。」

陽菜生氣回話後，緊緊抱著波士頓包上樓去了。

我有一股不太好的預感，總覺得陽菜的行為舉止就跟那天一樣。

跟那位女高中生遭電車輾斃那天一樣……

隔天，陽菜吃完早餐後立刻回到房間裡。昨天妳跑到哪去這個問題我問了不下數次，但她也只回答我說是跟朋友去玩而已，並不願透露更多。

我嘆了一口氣，拿起遙控器按下開關打開電視。

我連續切換好幾個頻道後，螢幕上出現熟悉的畫面。那就是我們居住城鎮上的河岸邊。女性播報員正一臉嚴肅地說話，畫面上更寫著「河岸旁發現女性遺體」如此字樣。

我將電視機音量調高。

「……遭到殺害的是名為古賀由美子的二十八歲女性。被害人的遺體被發現遺棄於××市××區的河岸邊。遺體腹部上發現多處以利刃刺傷的傷口。警方初步判定這可能是一起隨機殺人事件，現正加強周遭環境戒備……」

古賀由美子……這名字相當耳熟。

沒錯，這名字跟陽菜的級任導師相同。我走到電視機前，持續看著該起事件的報導。被殺害的女性的確是古賀老師沒錯。新聞裡報導該名女性的職業為教師。陽菜學校的校長正接受記者訪問。

古賀老師的死亡時間在昨晚八點左右，除了腹部的致命傷外，身上亦有多處傷口。

我不自覺地關上電視。

陽菜她好像不怎麼喜歡古賀老師，然後古賀老師被某人殺了。

這一切都純屬巧合嗎？

客廳裡突然響起電話聲，我拿起聽筒，得知電話是陽菜學校的訓導主任打來的。看來他正打電話給古賀老師班上學生的家長。

「請問您看了古賀老師的新聞了嗎？」

「是、是的。那是隨機殺人魔所幹的好事嗎？」

「警方說可能性相當高。她可是個相當關心學生的好老師啊……」

聽筒另一端傳來急促的鼻息聲。

「真不可原諒。雖然不知道是哪個男人幹的，但是不趕快抓到他不行啊。」

「男人？犯人是男的嗎？」

「是的，遺體上沾有男性的體液。但古賀老師生前好像並沒遭到侵犯……」

訓導主任的回答聽來好像有什麼事難以啟齒。

「犯人是男的……對吧？」

「葉山媽媽，您怎麼了嗎？」

「不不、沒什麼。」

訓導主任說近期內會對各位監護人召開說明會，並介紹新任導師後，便掛斷電話。

其實我後來根本沒聽訓導主任說了些什麼。

一聽到殺了古賀老師的犯人為男性，情緒整個鬆懈下來。

這對慘遭殺害的古賀老師或許不太好意思，但我整個人放心並鬆了一口氣。古賀老師遇害身亡雖叫人難過，但知道陽菜不是凶手這件事更令我高興。

話雖如此，但殺害古賀老師的犯人就潛伏於我們的生活圈中，這是件很可怕的事。您也知道，要到那河岸邊的話，從家裡出發搭電車只要一站就到了。

假如犯人為男性，他會對年輕女性下手的機率相當高。

我得叫陽菜好好注意自己人身安全。像她昨天玩到半夜才回家，很有可能會慘遭毒手。

不過，總覺得最近周遭發生太多跟死亡有所關連的事件。

陽菜殺死的昆蟲或倉鼠、從天橋目擊的女高中生電車意外，以及古賀老師慘遭隨機殺人魔之毒手……一連串的事件，宛如一次生命的隕落便會召喚下一個生命的死亡……

我左右搖頭，試著打消如此想法。

——我不想再跟死亡這東西有任何關連。

然而，我的願望卻沒有成真。

自古賀老師遇害後過了三天。

但是犯人好像還沒逮捕歸案。而且當時也沒有目擊者，以來賓身分電視節目上的警方人員更說案情可能陷入膠著。

正如訓導主任所說，警方從殘留的體液這點著手，認定案件為精神異常者所犯，並以此為方向偵辦。

在緊急召開的監護人說明會上，也通知各位家長別讓小孩晚間在外遊盪。

當我警告陽菜怪人說不定就住在附近，要她自己好好小心時，她只是露齒而笑，看來一點也不害怕。她對死亡一事所感到的恐懼本來就相當薄弱，但她的反應我總覺得不太對勁。

感覺她根本不把提防怪人心切的老師跟家長當一回事。

沒錯……陽菜她變了。她原本就像您所知道的，是個有點愛抱怨、不太會讀書的女孩子，如今卻讓人感覺她充滿自信。這雖然不是件壞事，我卻隱隱約約看得見在自信背後更伴隨瘋狂。至於是什麼東西帶給陽菜自信，我不得而知。

事隔多日，我又看了陽菜的部落格。我發現了一篇讓我有點在意的日記，是在兩天前寫的。

「黑羽比那子是崇高至上的存在。她創造出強力的詛咒，在她死後依然持續殺人。但是，由於詛咒傳播過於廣泛，導致效力減弱。單就機率這點來看的話，黑羽比那子的詛咒並沒有什麼好怕的。黑羽比那子的詛咒有個重大缺陷，那就是無法選擇要殺死的對象，況且待對方死去要花上一點時間也是個問題。也因為這樣，黑羽比那子才會被同班同學殺了。要是她能做出讓對方在看到的那一瞬間就會馬上死亡的詛咒，就不會遭到同班同學的反擊了……到頭來，詛咒這種東西，畢竟是個不太方便的殺人手段。

當然，詛咒也有其優點存在。那就是不容易被人察覺，就算東窗事發也不會被判罪。要是有其他方法跟詛咒有著相同好處的話，那也沒關係。反正重點是該方法既可以殺人，也不會被警察抓就好。黑羽比那子利用名為詛咒的手段殺了人。她在我心中看來十分亮眼眩目，我對她備感激動、尊敬、憧憬，然後嫉妒。我也想跟黑羽比那子一樣，成為眾人懼怕的存在。

我想讓那些因為我不會讀書，就把我當笨蛋的人清楚了解，並證明所謂的學校成績是多麼沒意義的東西。不……那種事已經無關緊要了。我跟黑羽比那子是特別的存在。沒有任何人可以阻止我們。即使手段不同，但我們都是持有那股強大力量的人。」

我看完日記後，深深吐了一大口氣。

看來陽菜至今還相信世上有詛咒。她相當尊敬做出詛咒的黑羽比那子，並將她的殺人行為視為豐功偉業。照她這樣，我實在無法認為她會成長為具有良知理智的成年人。

但她不再思考該怎麼創造詛咒了，值得慶幸。光讀這篇日記，我想她應該不會再把那些噁心的死亡擺設品放在院子裡了吧。

然而，我有一點很在意，那就是最後一段「我跟黑羽比那子是特別的存在。沒有任何人可以阻止我們。即使手段不同，但我們都是持有強大力量的人。」

這是什麼意思呢？

文中寫著陽菜跟黑羽比那子是「特別的存在」，是哪裡特別呢？是無法阻止什麼呢？那股力量又是什麼？無數的疑問自我腦海中竄出。

在日高由香的小說裡，她描述黑羽比那子是個很會念書的女高中生，跟陽菜恰恰相反。硬是要說兩人共通之處的話，那就是相當認真鑽研殺人方法這點吧。

不，光是那樣的話，稱不上是什麼特別的存在吧。

所謂特別的存在，指的是能辦到前所未見創舉之人。黑羽比那子下了咒、殺了人，那只不過是小說裡的情節，陽菜卻信以為真。

我頓時間血色全失。

如果陽菜在殺人，她就跟黑羽比那子一樣，是個特別的存在。

然後，以持有殺人力量者來解釋的話，日記中那句「持有那股強大力量的人」就如同拼圖片一樣嵌合，完美解釋她跟黑羽比那子為什麼是特別的存在……

近來，陽菜身邊已有兩人死去。首先是跟陽菜一起在車站月臺排隊的女高中生，再來是班導古賀老師。

古賀老師是被男子所殺。新聞媒體也沒報導女高中生的事件，所以那應該只是一場意外吧。但是，我依然相當在意。

——等陽菜下次出門時，偷偷在後面跟蹤她看看吧。

我下定決心了。我知道這麼做會侵犯到她的隱私權，但陽菜她還未成年，身為人母的我有監督自己女兒的責任在。只要陽菜有犯罪的可能，監視她的一舉一動也是無可奈何之事。

兩天後，調查陽菜行動的機會來到。我用吸塵器打掃客廳時，陽菜下樓直奔玄關。隔了一陣子，她又想外出了。等到玄關大門闔上那一瞬間，我趕緊換上外出服，開始跟蹤陽菜。

陽菜正準備在數百公尺前的十字路口轉彎，她身穿T恤牛仔褲，右手提著波士頓包。

我從陽菜的行進路線，猜測她第一個目的地為車站，先行由其他路線繞抵車站。我躲在柱子後等待一段時間後，正如我所預料，陽菜來到車站。她穿過剪票口，坐在月臺的椅子上。她反覆按著手機按鈕，不知道是否在傳郵件給別人。我也買了張到終點站的車票，持續從月臺一角監視陽菜。才過中午沒多久，車站人還挺多的。也多虧如此，我跟陽菜之間才能形成一道障壁。

不久後，電車駛進月臺。我正擔心陽菜會不會把排在她前面的人推下月臺時，但她並沒有做出類似動作。陽菜隨著人群移動，進到電車車廂裡。我也迅速移動至車廂內。

在電車出發時，我走到陽菜所在的隔壁車廂，從連結處查看隔壁車廂內部，陽菜坐在椅子的景象正映入眼簾。我利用混雜的人群，繼續監視陽菜。

三十分鐘後，陽菜突然有了動作。她闔上手機準備站起來。一切都跟我所想的一樣，等門一打開她就下車了。我也趕快離開車廂，跟在陽菜後頭。

陽菜出了車站後，佇足於大型百貨公司前面。看來她正在等人。一下子過後，陽菜面前出現一位男人。男人年齡看來約二十來歲，貌似上班族，白襯衫上打著鮮豔的綠色領帶。染成茶色的頭髮讓我覺得此人相當輕浮。

男人微笑向陽菜搭話。

——難道他是陽菜的戀人嗎？

腦中浮現如此想法。陽菜她都十七歲了，就算交了個男友也沒什麼好訝異的。但是，對方並非跟她同年紀，而是年長男性這點讓我挺在意的。

陽菜是在哪裡認識那個男的呢？

當我還在思考那些問題時，兩人開始並肩走向鬧區。我原本以為他們是要上哪去吃飯，但他們看起來卻不打算在餐廳停下腳步。當他們穿過鬧區，人群開始變少時，我就猜到那兩個人要上哪去了。

沒錯，在光天化日之下，他們毫不猶豫地進到賓館裡頭。

我嘴巴合不攏，呆呆地望著賓館的看板。上頭用粉紅色的字體寫著休息以及住宿的字樣。

我整個人垂頭喪氣。未成年的女兒竟然跟比她還大的男性上賓館。這帶給身為母親的我相當大的震撼。不，對身為父親的您來說或許才更感到震驚也說不定。不過，可能是因為我原本擔心陽菜會不會做出什麼更危險舉動的關係，如今我的心境相當複雜難解。

後來我回家了，一知道陽菜這次外出的目的，就沒必要繼續監視下去了。

再來的問題是該怎麼拆散他們兩人。對未成年的陽菜來說，讓她跟成年人談情說愛還太早了。

您也是這麼想的對吧？

如果她談的是像高中生應有的那種健全戀愛，那我並不會多說什麼。可是身為父母，我可不能認同這種大白天就進賓館的關係。但要是我將此事告訴陽菜，我跟蹤她的事也會跟著曝光。

我得想個能自然說服陽菜分手的方法才行……

當我在思考上述方法時，腦中某處總覺得有地方不大對勁。十七歲的女高中生跟比她年長的男性，雙方互有愛慕之情，這件事雖然有問題，但如此情況在社會上也是常有之事。我從陽菜身上感受到的，是更可怕的事。

而且我有點不太能相信陽菜正在談戀愛。

她既不熱衷觀看電視上的戀愛連續劇，部落格上也完全沒有跟愛情有關的日記。總是在想如何用詛咒殺人的陽菜，另一方面竟然在談戀愛這點實在相當奇怪。

我腦海中瞬間浮現「援助交際」這四個大字。可是，陽菜她看起來也並非渴望金錢。她穿的衣服也都是我跟她一起選的。您也知道，那孩子並不會特意追求時尚流行。

事有蹊蹺……我的心裡頭一直響著警報。

結果，陽菜晚上十一點才回家，她對在客廳裡的我什麼也不說就上樓去。

我自己也做了跟蹤這種虧欠她的事，所以也沒辦法對她說些什麼。

隔天早晨，由於陽菜不起床，我只好一個人吃早餐。我隨手打開電視，螢幕上有著眉頭深鎖的主持人跟評論家。畫面上有著字幕，寫著「發現女高中生遺體」字樣。

「……這麼說的話，這跟殺害古賀由美子的犯人為同一人物的可能性相當高囉？」

「是的，使用刀刃殺害的手法相同，而且這次發現遺體的樹林，離古賀由美子遭到殺害的河岸邊也只有十分鐘左右車程。警方應該正把此案當成連續殺人案件調查。」

「警方隨後發表古賀由美子的遺體有部分遺失，這次遺體是否也有某些部位消失不見了呢？」

「現階段還不清楚，如果犯人為同一人，是很有可能的。」

「你覺得犯人的目的何在呢？」

「犯人作案是為了尋求快感的可能性不低。而且，這次慘遭殺害的伊原亞美，可是古賀由美子生前導師班上的學生喔。就這點來看，這兩起案件可能都牽扯上積恨埋怨的因素呢。」

一聽評論家的發言，我手中的杯子掉到桌上。

——陽菜外出時又發生了殺人事件，而且死的竟然還是陽菜的同班同學。

我想起當古賀老師打電話到家裡來那天。老師說當陽菜以郵件散播黑羽比那子詛咒時，真的動怒的學生名字就叫伊原亞美。
我全身起滿雞皮疙瘩、寒毛直豎。
我很後悔昨天中途停止跟蹤陽菜。陽菜回家的時間是晚上十一點，她要殺了伊原亞美可是綽綽有餘。
——陽菜她不可能是犯人。可是……
我在腦中想像陽菜手拿染血刀刃發笑的樣子。即使認為這是不可能發生的，如此恐怖的影像卻在腦海裡揮之不去。
我下定決心要好好調查陽菜的房間，現在可不是擔心是否會侵犯她隱私權的時候了。只要我仔細調查，沒發現什麼可疑物品的話，那就夠了。為了盡到身為母親的責任，也為了讓我自己信服，這是必要行為對吧？
下午三點，我敲了敲陽菜的房門。最初房裡完全沒反應，待我多敲幾次後，陽菜一臉不開心地來應門說。
「幹什麼？我很忙耶。」
「我想請妳去幫我買點東西。今天是優輝回家的日子，我想說要多煮幾道菜來歡迎他回家。」
「媽妳自己去不就好了嗎？哥哥他要回來跟我又沒關係。」
「我還有其他菜要做啊。拜託啦，就今天這次而已。」
我雙手合掌請求陽菜，她才勉為其難點頭答應。

陽菜拿著購物清單走出玄關後，我立刻展開行動。

我無聲無息登上二樓，打開陽菜房間門。房間裡頭挺涼爽的，可能是她剛剛有開冷氣。芳香劑的味道也有點過於強烈，這是薰衣草的味道嗎？

我從抽屜開始檢查，裡面放著尺跟筆等文具還有筆記本，並沒有什麼特別的。放在床邊的波士頓包裡頭更是空空如也。下一個目標是壁櫥。當我拉開壁櫥門，裡頭有著多數裝有衣物的透明塑膠收納箱整齊排列著。裡面其中一箱吸引了我的注意力，那跟其他箱子相比雖然種類相同，但我在衣服的縫隙中，看到有部分紙箱露了出來。

我從上方將堆疊的塑膠箱一一搬到地板上，當我拿起有異樣的塑膠箱時，發覺這箱比其他的還重，果然裡頭裝的不只是衣服而已。我把箱子搬到房間中央，緩緩打開蓋子。

有股臭味撲鼻而來，就像肉類腐敗般的刺鼻味道。我別過臉，取出埋在衣服裡的紙箱。看來那股刺鼻味就是從這裡傳出。我吞了口口水。我現在感到口乾舌燥、難以呼吸。「還是別打開這個箱子了吧」，如此想法一瞬間在我腦中閃過，但那可不行。

為了證明陽菜清白無罪，我必須調查房間裡每樣東西、各個角落才可以。

我深呼吸後，打開紙箱。

紙箱裡面有著幾個像是玻璃瓶的東西。我一邊對陽菜為什麼會有這東西感到納悶，一邊把手伸進紙箱，將離自己最近的玻璃瓶拿出來。玻璃瓶約有寶特瓶的一半高，還挺有重量且沉甸甸的。

玻璃瓶裡裝有紅黑色的塊狀物體。一時之間我還以為是昆蟲的屍體，但好像不是。看起來比較像動物的肉塊……

我拿著瓶子左右搖晃，有著黏性的液體沾附在內部瓶身上。我一看如此，便放棄打開玻璃瓶的蓋子。

我從箱子裡拿出另一個玻璃瓶，裡頭一樣裝有類似肉片的東西。

這瓶子裡的東西跟剛剛那個不一樣，已呈現乾燥狀態。我打開瓶蓋，取出內容物放在手掌心上。看起來就像一片拼圖片，僅有一丁點厚度。整個東西變得漆黑，無法得知這原來是什麼顏色。

——陽菜她到底在收集些什麼？

我猜是倉鼠的肉。之前陽菜曾把倉鼠的頭部拿來進行詛咒儀式。說不定她把那倉鼠肢解後，將各部位放進玻璃瓶裡。

我必須讓她停止如此噁心的嗜好。

腦袋裡這麼想，我從紙箱裡拿出下一個玻璃瓶。

當我確認瓶中物時……

黑色的眼瞳——瓶子裡有眼睛看著我。

當下我並無法立即弄懂這是怎麼一回事，為什麼我會在玻璃瓶裡看見眼睛呢？

當我理解眼前景象背後之意義後，我放聲尖叫丟開裝有眼球的玻璃瓶。玻璃瓶滾到床前便停了下來，裡頭的眼珠彷彿帶著憎恨的神情仰望著我。

——這到底是什麼的眼珠？

我一看就知道那不是倉鼠的眼球，雖然那眼珠有點萎縮成橢圓狀，大小卻完全不一樣，那比狗或貓的眼球還大。

我回想起之前的連續殺人犯都會帶回部分屍體這項資訊。雖然新聞節目裡並沒有提到是哪個部位遺失了，如果那正好是眼球的話……

那時背後傳來地板軋軋作響的聲音，我感到有股視線正緊盯著我的後腦。

我一回頭，看到陽菜就站在門前。

陽菜以蒼白的臉孔微微發笑，撿起滾在地上的玻璃瓶。

「什麼嘛，竟然被妳發現了……」

聽來灰暗微弱的人聲，於房內回響。

「陽、陽菜……那是什麼的眼睛？」

「就班上同學伊原亞美的眼睛啊。她本人雖然是個讓人不爽的傢伙，眼睛卻很漂亮呢，雖然有點縮水了。這東西還是要泡在福馬林裡比較好吧。」

陽菜左右搖晃裝有眼珠的瓶子，眼珠在瓶子裡滾動。

「我原本也想要古賀老師的眼睛，但那時候因為準備不夠周到就沒挖了。要把眼球挖出來可比想像中還難呢。所以，我就把腹部跟大腿部位的肉切下來了，但是那種東西當作戰利品也太差強人意了。整個變得很像乾掉的培根耶。」
「是妳殺了古賀老師……？」
「嗯，伊原亞美也是。還有在車站月臺的那個人。」
陽菜她一臉理所當然地回答我的問題。
「騙人……殺了古賀老師的是男人才對。因為有體液……」
「媽妳也是女人就知道，要拿到男人體液這種東西，對身為女高中生的我可說易如反掌。」
陽菜說的話讓我回想起昨天的事，陽菜跟那男的進賓館就是為了要取得男性的體液。
「警察也真沒什麼大不了的。他們也不知道，我用的只不過是這麼簡單的小伎倆，卻一直在搜索男性嫌疑犯。」
「為什麼……為什麼妳要殺人？」
「因為伊原亞美她是第一個跳出來排擠我的。我雖然讓她看了黑羽比那子的詛咒文章，但光靠那個要等她死所花的時間實在太久了。而古賀老師總是對我特別囉嗦，我跟她也不大合得來。」
「合不來……妳因為這樣就……」
「嗯──反正理由就隨便啦。我也不認識在車站殺的那個女孩子。反正我的目的在於證明自己的力量啦。」

陽菜兩邊嘴角上揚，露出微笑。

「我一開始是打算像黑羽比那子一樣，試著用詛咒去殺人。不過，要生出一個詛咒果然還是很難呢。我試了好多種方法，但是每種都失敗了。但我也因此察覺到一件事。」

「察覺到一件事……」

「對，下咒殺人主要就是為了不被警察逮到對吧？而且其他人也會認為世界上根本沒有詛咒這回事呢。也就是說，能解決會被警察抓到這點問題的話，就算用更直接的手法殺人也沒問題的。」

「我說妳……真以為不會被警察抓到嗎？」

「那是當然的啊。車站那個我把它偽裝成意外，古賀老師跟伊原亞美的屍體上我也都灑了男性的體液。我也帶了戰利品回來，大家一定會以為這都是精神異常的男性犯案的啦。」

「妳是怎麼把那兩人約出來的？」

陽菜一臉得意地開口回答我的問題。

「古賀老師的話，我好像是跟她說心裡有些事很困擾。伊原亞美的話，我是以想跟她道歉為藉口約出來的。啊，我可是有乖乖用公共電話聯絡她們的喔。再來只要等她們鬆懈時用刀子殺了她們就好了。」

「刀子那種東西是哪來的……」

「就在爸爸的工具箱裡面啊。那個是很久之前買的對吧？所以，我想就算警察要查凶器是哪買的也查不到。」

「妳用家裡的刀子去殺人？」

「就跟妳說放心啦，刀子是爸爸好幾年前買的，而且東西我一直都有帶回來。」

陽菜把視線移向在我面前的紙箱，那把作案的刀子一定就在紙箱裡面。

不知何時，我的臉上流下兩行淚。

陽菜真的很笨。的確，只要用灑上男性體液這種小伎倆，警察就會先去調查男性嫌疑犯。但是嫌疑犯中沒有人吻合的話，接下來的調查工作便不關嫌犯性別地進行。而且警方如果循著被害者生前是否遭人埋怨這點來走的話，陽菜會被劃進嫌疑犯圈子中的機會也相當高。

陽菜得意地笑，但她卻連這點事情都沒想到。

「我跟黑羽比那子都是被特別選上的人。我倆雖然殺人手法不同，但是沒一個被警察逮到。雖然黑羽比那子已經死了。」

「妳為什麼那麼堅持要殺人呢？」

「嗯——因為很好了解啊。」

「很好了解什麼？」

「這樣很好了解到底是誰比較厲害啊。當然，殺了別人的才是比較厲害的那個。」

陽菜用右手食指敲敲自己的頭。

「在校成績的話，伊原亞美她比我還好。古賀老師也一樣，都當老師了，想必成績也不錯才對。但是她們兩人都被我殺了，被在校成績差勁的我殺了。」

「那又怎樣？」

「總而言之，就是學校成績那種東西根本毫無意義。能夠自由自在殺人的人類才是優秀的存在啊。」

陽菜幾近發狂的大笑聲響徹房間，如今在我眼前的陽菜彷彿換了個人似的。她的瞳孔放大，就像個坑洞。

我突然感覺房裡氧氣不足，我拚命反覆呼吸。

「陽、陽菜……妳錯了。」

「我錯了？」

「沒錯，並非能殺人才是優秀的。光靠那樣是無法評斷一個人的價值的。」

「那一個人的價值該如何評斷呢？妳可不要跟我說是靠學業成績來評斷的喔。」

「這……」

我無法反駁。學校成績的確不是評斷一個人價值的標準或依據。就算這樣，一個人能殺人也絕對稱不上優秀。

「不對，不對。任誰都不會覺得能夠殺人就代表那個人很優秀，那個人從此以後都得被他人指指點點，說是一個殺人犯。」

「那是被警察抓了才會吧。我不會被抓的。」

「那怎麼可能！日本的警察可是很優秀的。就算這次妳依然沒事，那也只不過是妳運氣好而已。」

「……或許我真的運氣還不錯。不過，下次犯案我會做得更完美的。」

「下次？妳還敢說下次……」

「實際殺過人之後，我自己也成長了呢。我正打算下次要結合詛咒來犯案，說不定現在的我能夠做得出詛咒呢……」

陽菜說的話令我啞口無言，她還在想要怎麼殺人。

為什麼……為什麼我會教出這種孩子？

難道是我的教育方法出了差錯嗎？

不，並沒有那回事對吧？就算是個喜歡超自然現象玩意、學業成績不怎麼好的女孩，陽菜依然順利長大成人，應該能判斷是非善惡才對。

如果我的教育方式出了問題，優輝他沒變得不正常反而奇怪。優輝他在成長過程中總是乖巧聽話，學業成績也相當優異。他再來應該會成為受人尊敬的人物。

此時我的腦內突然有一道電流竄過。

——要是陽菜被當成連續殺人犯逮捕，優輝的未來會變得怎樣呢？

陽菜已經殺了三個人，而她還想繼續犯案下去。要是社會上眾人知道優輝的妹妹是個殺人犯，優輝的人生也就玩完了。縱使優輝留下多麼輝煌耀眼的成績，想必也沒有公司願意雇用他，他也結不了婚。

那是當然的。任誰都不想當個殺人犯的家人。

然後我跟您也一樣，陽菜遭到警察逮捕後，我們就會變成養育出殺人犯的父母。

再加上陽菜她未成年，所有責任都得由我們一肩扛起。

受到媒體抨擊，您可能也無法繼續工作養家。

是的……只要陽菜被捕，我們一家四口都玩完了。

該怎麼辦……該怎麼辦才好……

瀰漫房裡的薰衣草香氣讓我想吐，我用手摀住嘴巴。

陽菜看我這樣，開心地笑了。

「如果媽媽妳有想殺的人就跟我說吧，我會幫妳處理掉的。話說……我肚子好餓喔——趁哥哥回來之前，吃點東西也可以吧。」

陽菜說完話，便轉頭背對我走出房間。

其實我並不太記得當時發生什麼事了。我只知道自己在不知不覺中站起來，離開房間跟在陽菜後頭，在我眼前的是陽菜準備下樓的背影。

我用力推了陽菜一把。

「啊！」

陽菜發出一聲短而急促的叫聲滾下樓梯，其中還能聽見幾聲碰撞聲響，最後變得安靜無聲。

我雙腳顫抖下樓，發現陽菜倒在一樓地板上。

她的脖子歪向不可思議的角度，嘴邊還傳來微弱的呼吸聲。

我走下階梯，跪在陽菜旁邊。陽菜她嘴巴雖然張得開開的，但卻無法順暢呼吸。我記得曾聽人家說過，只要傷到頸椎呼吸就會變得不順。陽菜眼裡映著我的身影，映著我面目猙獰如鬼魅的身影。

不知時間過了多久，陽菜在不知不覺中斷了氣。

「陽菜，對不起。但是為了守護我們一家人，我只能這麼做……」

我拭去即將奪眶而出的淚，走向廚房。我從抽屜拿出粗布手套，前往二樓陽菜的房間。

總之我動作得快點才行。我收起裝有玻璃瓶的紙箱，把陽菜桌上那支較大的油性筆從階梯上滾往一樓。

這樣一來，人家就會以為陽菜是踩到油性筆滑了一跤，才從階梯上跌落的吧。再來是我的不在場證明。我絕對不能受到絲毫的懷疑。我將陽菜買來的食材放入冰箱，拿著購物袋走出家門。

我以手機確認時間，是下午四點二十分。

我在前往超市的路上，於腦中計算一切。照預定計畫的話，優輝差不多要到家了。因為玄關門我沒上鎖，他應該可以進到家裡，然後發現陽菜倒在階梯下才對。優輝他當然會叫救護車同時聯絡我。問題在這之後，要是知道陽菜死了，警察也會到家裡來。

可是從陽菜的死亡時間推斷的話，第一個發現屍體的優輝，他的不在場證明應該可以成立。因為他是搭電車回家的，應該也找得到目擊證人，這沒問題。

陽菜的死亡時間，我正好外出購物。陽菜的死亡時間推斷總不可能精準到分鐘的程度吧。

雖然無法保證絕對安全，但是照這計畫進行的話應該沒問題。最重要的一點是，沒有人會認為我或優輝有想殺了陽菜的動機。

我……殺了陽菜，殺了自己的女兒。我雖然跟陽菜一樣成了殺人犯，但本質上是不同的。陽菜她以殺人為樂，只要還活著她就會繼續犯案下去。而我根本不想繼續殺人，因為我殺了陽菜的目的，是為了守護您跟優輝，為了這個家。

只要陽菜死了，就不會被當成連續殺人案的嫌疑犯接受調查，她再也無法繼續殺人了。

您可能會譴責殺了親生女兒的我，但是陽菜她早已變得瘋狂。我們身為父母的，不能為了保護發狂的陽菜而犧牲優輝。優輝對這件事並不需要負起任何責任，他還有更有光輝的未來正等著他。

優輝可能會對親妹妹死去一事大受打擊，但時間會沖淡一切、讓傷口癒合。至少，這比讓他知道自己的妹妹是個殺人犯還好上數十倍。

相信您也會這麼想。正是如此，我才會選擇弄髒自己的手……

我在超市中隨便挑了幾樣食材放進購物籃，一邊等待時間流逝。只要等優輝發現陽菜，打手機通知我後，再回家演個遭逢喪女之痛的母親就行了。要我哭的話我隨時都哭得出來，因為陽菜死去這件事，真的讓我感到無比哀傷。

可是，都過了晚上六點，優輝卻還沒打電話來。他差不多已經回家了才對啊。

這下沒辦法，我只好先回家。我想要是繼續待在超市裡，這樣反而會被警察懷疑。

當我回家打開玄關大門，優輝的鞋子就在眼前。優輝果然回家了。但是，既然他回來了，為什麼不打電話通知我呢？陽菜的屍體就在階梯下，他不可能看不見。

我喊了優輝的名字，卻沒人回應。家裡只是一片寂靜。

我脫下鞋子走向客廳，也不見優輝在那裡。

既然鞋子就擺在門口，他應該在家裡才對。

——優輝在他自己的房裡嗎……？

就如您所知，自從優輝搬出去一個人住後，他的房間就一直維持原樣。我想他可能是看了親妹妹的屍體內心發慌，躲在自己的房間發抖。

我跨過陽菜的屍體，登上通往二樓的階梯。我敲了敲優輝的房門，卻沒任何反應。

「優輝……你在嗎？我要開門囉。」

我輕輕打開房間門。

可以在窗邊瞧見優輝的背影，他的身體輕飄飄地左右搖晃。

正準備開口說話時，我將視線移至優輝腳邊。

優輝的腳浮在空中。

我抬起頭，看見陽輝後頸纏著貌似繩子的物體。繩子牢固地綁在窗簾軌道上，支撐著優輝的身體。

「優……輝……」

優輝的身軀就像為了回應我的話一樣晃了一下。我清楚看見他瞪大的雙眼以及從口中伸出的發紫舌頭。

「為什麼……」

我茫然呆滯地望著優輝上吊自殺的樣子。

我無法理解為什麼事情會變成這樣。優輝看到陽菜的屍體大受打擊，這我知道。但是，優輝本人卻沒有理由自殺啊。

我發現桌上有張白紙。我用顫抖不停的手取過白紙，上頭有優輝用潦草字跡寫下的一段話。

「爸爸、媽媽，對不起，我要自殺，我必須自殺。我中了詛咒，中了黑羽比那子那個怪物所下的可怕詛咒。詛咒的威力大到無人難逃一死。中詛咒的人會變得無法呼吸死去，然後那個人會化為靈體，永遠痛苦地在人世徘徊。

自從陽菜傳了詛咒郵件給我之後，我每晚都能感覺到黑羽比那子就在身旁。黑羽比那子用她那窟窿般的眼睛，從黑暗深淵一直看著我。黑羽比那子她一定存在於這個世界上。爸爸跟媽媽你們可能會覺得這很可笑，但是網路上甚至有部落格寫說他的家人被黑羽比那子給殺了。

這詛咒最千真萬確的證據，就在陽菜已經死了不是嗎？陽菜她跟我一樣看了詛咒文章，然後在今天就被黑羽比那子殺了。

陽菜被黑羽比那子弄斷頸骨、無法呼吸而死。陽菜的靈魂一定也無法成佛升天，永遠痛苦地留在世上。

我不想變成那樣，中了詛咒的人，總有一天會被黑羽比那子殺死。可能是明天，可能是後天。有可能是在一年後，就算在我寫這封信的瞬間突然死去也是有可能的。我已經無法繼續承受這種恐懼了。

爸爸、媽媽，我真的很對不起你們。如果還有來生，我還想再當你們的孩子。我時間不多，永別了。」

我無法支撐自己身體重量，全身癱軟雙膝跪地。

陽菜她不僅只給班上同學，也傳了詛咒郵件給自己的哥哥優輝看。

仔細想想那並非不可能。對成績差勁的陽菜來說，是個優等生的哥哥優輝說不定看來相當礙眼。

優輝個性老實聽話，才會相信陽菜說的話吧。他認為黑羽比那子的詛咒是真的，也把因詛咒而死的人會無法超生永世痛苦，這種陽菜憑空捏造的鬼話信以為真。

可是我覺得優輝並不會因此就自殺，成了他決意尋短的關鍵是陽菜之死。陽菜的脖子斷了，無法呼吸致死。而優輝誤會她正是被黑羽比那子所殺，誤以為詛咒是真的……

他一定是陷入恐慌狀態，然後妄下與其被黑羽比那子所殺成為靈體永遠受苦，不如先自我了斷還比較好這種結論。

我視野變得朦朧，淚珠使我眼眶溼潤。原本是打算守護優輝的，卻意外釀成害死優輝的原因。身為親生母親的我竟然……

我不配當個母親，我殺了親生女兒，還讓兒子自殺。

他們可是我挹注諸多愛情所養大的孩子啊……

我一點也無法理解為什麼事情會演變成如此。

不……原因就在黑羽比那子的詛咒！

陽菜讀了詛咒文章後，整個人就變得很奇怪。醉心於創造詛咒的黑羽比那子，陽菜自己也想得到能自由自在殺人的力量。

是因為陽菜本身性格的問題，才會讓她陷入那種思維嗎？我想並不是那樣。您可能不會相信，但黑羽比那子的詛咒是真的。

那文章裡頭有著會讓人發瘋的因子。因為這樣讀的人才會呼吸困難，然後感覺已經死掉的黑羽比那子就在身旁吧。然後，有許多人真的因此丟了性命。

請仔細想想看，陽菜曾讓古賀老師看了詛咒文章。

她的同學伊原亞美也一樣。陽菜自己也看了詛咒文，她也傳給優輝看過。

雖然死因不同，可是四個人全死了。

您可能會說那跟詛咒一點關係都沒有，但是看了詛咒文的四個人全都死了這事實是不會改變的。

而且，死亡人數即將增加，變成五人……

我必須肩負起殺了陽菜、害優輝自殺的責任。雖然黑羽比那子的詛咒是一切元凶，但我也不能逃避自己所犯下的罪過。

我得用自己的生命來贖罪。

等寫完這封信後，我會在浴室裡割腕自殺。您在中元節連假回家時，應該會發現我們三個人的屍體，在那之後就隨您處置。看您是要對警察報案說陽菜是連續殺人犯的凶手，或說是我殺了陽菜，那都是您的自由。因為，人世間的事務就快跟我毫無關連了。

最後請聽我一句忠告。

您可能會想要調查家族死因，而去讀詛咒小說，而那小說在網路上很容易就找得到。但是，請您絕對不要讀那部詛咒小說。

那小說真的是部詛咒小說，含有貨真價實的詛咒。

很多人並不知道那一點，就抱著試膽的心態讀過，之後便不知不覺地死去。

至少我唯獨不希望您變成那樣。

葉山正秀先生……謝謝您娶我葉山雪子為妻。

雖然我的人生盡頭是如此殘酷，但跟您在一起的婚姻生活，我感到相當幸福。

我打從心底深深感謝您，也深深愛著您。

如果，您依然愛著這樣的我，請把我跟孩子們的屍骨同葬在一處。這是我最後的請求。

啊啊……我差不多該到浴室去了。優輝跟陽菜好像在叫我了。

老公，永別了。

請連我們的份一起活下去，過個幸福快樂的生活。

浦野祐子的信

致××××

××先生，你好。

在此請讓我重新自我介紹一下。

我的名字是浦野祐子。我收到你內容提及黑羽比那子詛咒之來信，特此回信。

關於能化解黑羽比那子詛咒的護身符一事，還請你先看完這封信。

因為把護身符給你的條件，就是你得先將這封信讀過一遍。

內容雖然有點多，不過我是以小說方式呈現，讀起來應該會比較方便。

這點還請多多包涵。

我是住在××縣、就讀該縣公立高中的十七歲女高中生。雙親皆外出工作，下面還有一個十四歲的妹妹。我家就在離學校步行二十分鐘的寧靜住宅區裡。雖稱不上富裕，至少也不愁沒錢花用，是個極為普通的家庭。父母親相當恩愛，我跟妹妹雙葉雖偶有爭執，基本上我們一家四口感情融洽，是個幸福的家庭。

而我們的幸福，卻在陰雨綿綿的梅雨季節開始瓦解。

還記得那天一早開始就在下雨，我心頭滿是憂鬱地起床。

換好制服後，我前往與廚房相連的客廳，母親一如往常地正在準備早餐。

「祐子早安。不好意思，妳去幫我叫雙葉起床。」

「咦──我還要回二樓去喔?」

「那又不是什麼很吃力的事。還是妳比較想要來準備便當?」

我嘟著嘴發牢騷，離開客廳走向雙葉在二樓的房間。最近雙葉迷上部落格，只要有時間就一直玩電腦，勤於更新日記或是在留言板留言。她昨天晚上一定是熬夜，今早才會睡過頭。

我大力敲了敲雙葉的房門，轉動門把。

「雙葉，妳要睡到什麼時候?都早上囉，媽媽叫我……」

我話說到一半，將後面的話全吞進去，凝視著全開的窗戶。

雙葉房裡的窗戶向東，就算開著也沒什麼好奇怪的。

但那僅止於天氣好的時候。

那天從早上就開始下雨，一般來講並不會想開窗戶。

但雙葉她好像一直開著窗戶，窗邊的木質地板整個都溼透了。

「雙葉，妳在幹什麼啊?」

雙葉將被子蓋過頭部，躺在床上。我抓著她的肩膀後，被子滑落，雙葉她臉色蒼白、眼神茫然地看著我。半開的嘴還聽得見些微的呼吸聲。

「妳怎麼了?身體不舒服嗎?」

她搖搖頭回答我的問題。

「那妳是怎麼啦?雨下成這樣窗戶還開開的，地板都溼掉了不是?」

「呼吸……」
「呼吸？」
「我呼吸不太順暢。」
雙葉回答問題，聲音聽來微弱。
「呼吸不順暢的話，妳是感冒了嗎？」
我把右手貼在雙葉的額頭上，手掌心傳來冰涼的感觸。
「看起來是沒發燒，但妳呼吸看來的確不怎麼順呢。妳要請假嗎？」
「……嗯。」
「我知道了，我會先跟媽媽講一聲。要是妳又覺得不舒服的話，打手機給我。我會先早退帶妳去醫院看病。」
我讓雙葉在床上躺好，想要伸手關起全開的窗戶。
「窗戶不要關起來！」
雙葉躺在床上突然大叫一聲。
「嗯？窗戶不關的話，雨會濺進來喔。」
「沒關係，窗戶不用關。」
「……那我開一點點就好，這樣空氣也會流通比較好對吧？如果全開的話房間裡面會變得溼答答的。」
雙葉對我的提案感到放心，臉上的笑容看來虛弱無神。

我離開二樓，向母親報告雙葉的狀況。母親放不下心，看向通往二樓的階梯一眼。

「雙葉說她呼吸不順嗎？」

「嗯，可能是因為感冒而喉嚨痛吧。」

「這下糟了，我今天不能請假，爸爸也早就出門了……」

「沒事啦，我有跟她說要是怎樣的話就打電話給我，放學後我也會馬上回來。」

「好，那就拜託妳囉。有發生什麼狀況的話，記得打電話給媽媽。」

「我知道了。雙葉她都是國中生了，不需要那麼擔心啦。」

我如此說道，咬了一口塗滿奶油的吐司。

那時我並不太擔心雙葉的病情。她的確看起來跟平常不太一樣，但那看起來也不像是會讓人感覺有生命危險的病狀。

吃完早餐後，我手拿雨傘走出玄關。

雨依然在下，雖然沒被雨淋溼，然而溼氣卻重到我覺得皮膚都黏黏的。

我抬頭看看雙葉的房間，淡綠色的窗簾稍微動了一下。我本來以為雙葉就在窗邊，之後窗簾卻一動也不動。

一定是風吹了窗簾才會動……

那天我在學校傳了許多封郵件給雙葉，可是她一封也沒回。午休打電話給她也沒接。這樣一來，害得我不免開始擔心。

當放學鐘聲響起，我立刻衝出教室。要是雙葉沒什麼大礙，我一定要訓她一頓。我也不管制服會被雨淋溼，一路上都用跑的回家。

我用鑰匙打開家門，裡頭安靜無聲。我脫下早已全溼的襪子丟進洗衣機，隨後爬上樓梯到二樓去。一打開雙葉的房門後，我看到她蜷曲在床鋪上一角。

「雙葉！妳為什麼都不接電話？害我很擔心耶。」

我邊避開被雨水沾溼的地板走到雙葉身旁。

她則是默默地將視線從我身上移開。

「妳到底怎麼了？從早上就一直怪怪的，妳看起來也不像生病，是在擔心些什麼嗎？」

經過我看來生氣的責備後，雙葉她終於開口，看起來都快哭了。

「……我看了……」

「嗯？看了什麼？」

「詛咒小說……」

「詛咒小說？」

雙葉她身體不停顫抖，緩緩點頭。

「嗯……昨天有個不認識的人來我部落格的留言板留言……我很好奇的點了留言裡的連結後……發現那是詛咒小說……」

「妳就因為這樣跟學校請假啊？」

我嘆氣看著雙葉的臉。

「因為……我真的受到詛咒了……」

「咦？妳說受到詛咒是怎麼一回事？」

「看了詛咒小說後……我的呼吸就開始不順了。」

「這麼說來，妳今天早上的確呼吸不順暢呢。」

雙葉的呼吸聽來的確不穩定，在跟我說話的時候，她還會很不自然地把話打住停下來吸氣。難道小說裡有寫到被詛咒的人會變得無法呼吸嗎？

看來她打從心底相信那小說是真的。

從雙葉還是小學生時，她就很害怕恐怖的東西。每當家人一起收看電視上播映的靈異照片特別節目時，她總是會把耳朵塞住、遮住眼睛一直擠到我身上。那天晚上，還會哭著求我跟她睡在同一間房間。

雙葉的部落格是有日記跟留言板兩大功能的普通樣式，只要看她的個人簡介，就能知道該部落格的主人是個一般女國中生。竟然有人會去女國中生部落格貼寫有詛咒小說的驚悚網站連結，這讓我非常生氣。

就算貼連結的人有一半是抱持著好玩的心態，但是看到的人則會感到厭惡。特別是會相信詛咒的人，更會受到不小的打擊，未成年人的話就更不用說了。

可是貼在雙葉部落格上的，並非照片或是圖畫，而是小說。看到靈異照片或意外現場照片會感到害怕，這我也不是不懂。但是讀了小說卻怕成那樣，總讓我覺得事情不太單純。

「妳說的那個連結啊，現在還可以從妳的留言板連過去吧？」

「不行！妳不能看！」

雙葉突然大喊一聲。

「妳看了那個會死掉的！姊姊妳絕對不能看！」

雙葉突然抱住我，面容令人毛骨悚然。她的指甲隔著制服刺到我背上。我表情雖因為痛楚顯得有點扭曲，我還是把手放在雙葉的頭上說。

「沒事啦。不可能會有那種讀了就會死的小說啦。」

「是真的！那個小說是真的啦。我朋友惠理子她啊，讀了那個小說之後整個人身體也變得很不舒服。」

「妳是說附近羽野先生家的女孩子嗎？」

「嗯，她說她點了我留言板上的網址，還說她吐了呢。」

「那只是她身體狀況不太好而已啦。總而言之，我會證明給妳看我沒事的。」

當我要走向放在書桌上的電腦時，雙葉用力拉住我的手。

「不行啦，姊姊妳也會中詛咒啦。」

「放心，這種驚悚小說我也讀了不少啦。」

我盡量以溫柔和氣的語調回答雙葉，一邊按下主機的電源開關。嗶一聲，螢幕上出現了可愛的小貓桌布。我移動滑鼠連上網路，畫面上立即出現雙葉部落格的頁面。

我看了留言板，發現裡面最新一則留言只貼著一段連結。留言人的名字為陽菜，但我不知道那是否為本名。

我將滑鼠游標移向連結，雙葉則是一臉蒼白地注視我的指尖。

頓時間突然有股寒氣使我背脊發涼，讓我猶豫是否要點擊這個連結。只不過是由一串英文跟數字排列而成的網址，在我眼裡卻看來詭異。可是就這麼停下來的話，雙葉她會一直以為那詛咒小說是真的有效力的。

當我下定決心要動下食指時，一樓傳出聲響，隨後是母親的說話聲。看來母親也相當擔心雙葉的身體狀況，而提早從公司回來了。我趕快將手自滑鼠移開。

「啊，媽媽回來了，那我等一下在自己的房間看。妳可不能跟媽說有關詛咒的事喔。」

為了不讓雙葉察覺我其實鬆了一口氣，我話說得很快。話說完後，我要雙葉回床上睡覺。

「妳今天就先假裝得了感冒在床上休息，我等一下幫妳把晚餐拿上來。」

我離開房間，對母親說雙葉她得了感冒，但是她人看起來沒什麼大礙。

母親放了心露出微笑，走向廚房。她好像要熬粥。

希望雙葉不要亂講話，害母親操心……我邊這麼想，邊看著母親熬粥的背影。

當天晚上，我打開自己房裡的電腦，連上網路前往雙葉的留言板。我將滑鼠游標移到剛剛那個網址上，吞口水的聲響自己都聽得一清二楚。

雖然心裡認為這世上不可能有詛咒小說這回事，但是進到驚悚恐怖的網站裡還是需要些勇氣。

要是不讓雙葉看看我讀了詛咒小說後依然平安無事的樣子，她就不會安心。為了證明詛咒小說那種東西都是虛構的，我不看不行……

我做好心理準備，用指尖按下滑鼠上的按鍵。螢幕畫面突然轉白，一大串文字映入我的眼簾。

我最先辨認出來的文字是「死」。由於只有「死」一字周圍留白，相當搶眼。我雖對死這個字感到非常不愉快，但還是瀏覽了一下整篇文章。但是前幾行文字在我看來並沒任何意涵，只是「血」、「怨」等這些不吉祥文字的排列組合而已。

後面文章提到心臟、血液、呼吸等詞，在一段莫名其妙的數字堆後，又寫著看來不大吉祥的文字。

這文章……是在寫些什麼啊……

吸氣……吐氣……吸氣……吐氣……吐氣、吐氣、吐氣……

我突然感到呼吸不正常，看來我在無意識間隨著文章一直吐氣。

這的確是篇很奇怪的文章。我知道心臟是將血液輸送到全身各角落的幫浦。人只要血液停止流動就會死，這誰都知道。為什麼要特地寫出來？

我把右手置於左胸上，從手掌心傳來微弱的心跳，總覺得這時心臟跳得比之前還快。

心跳快，就表示血液流速變快了嗎？我一這麼想，就覺得呼吸又開始不順暢起來。

很怪，這篇文章有問題……我邊這麼想，邊捲往下一頁。我還以為這一頁也會是篇令人摸不著頭緒的文章，結果不是。這次畫面上出現的是普通的文章，並沒有第一頁帶給人的那種不適感。作者看起來好像換了，這讓我感到不大對勁，但我還是讀起了小說。

這部小說是由名為日高由香的女高中生所撰寫，看來就像她把自己所發生過的事件以說故事的方式呈現。日高由香是文藝社的，就一個女高中生寫的文章來說，還挺容易閱讀的。我也在不知不覺間專心讀起她所寫的小說。

約過了一個小時，日高由香的故事也準備進入尾聲，我也有種不好的預感。然而我的預感成真，日高由香的同班同學——黑羽比那子所下的詛咒，就是第一頁那段不知所云的文章。

當下我感到自己全身血色全失。

那種討厭的感覺在我讀了黑羽比那子所寫文章後發生，然後寫了那篇文章的黑羽比那子被班上同學給殺了。

我相當驚訝自己的呼吸節奏竟然變得激烈，難道那文章真的被下咒了嗎？難道黑羽比那子會在中了詛咒的我面前現身嗎？如此念頭一瞬間閃過我的腦海。

我開始格外注意床底的縫隙跟壁櫥，在這約四坪半大的房裡，我只聽得到自己的呼吸聲。

我從椅子上站起來，重複深呼吸，想讓自己冷靜下來好好想想。在讀黑羽比那子的文章時，我的確覺得有點詭異，呼吸變得急促也是事實。

但是就這麼認為那是篇帶有詛咒的文章，未免也太過倉促。我想，那文章的手法是讓人意識到呼吸，進而使讀者誤以為自己被下咒而已。

最重要的是，這世上根本沒有什麼詛咒。

明明是為了讓雙葉安心才來讀這小說，我一這樣的話雙葉反而會更加不安。我用雙手拍拍自己臉頰，試著露出笑容。我必須表現得活潑有精神點才行。

我再次深呼吸，走向雙葉的房間。

隔天，我和雙葉一同出門。雙葉看了我讀過詛咒小說後依然沒事，多少比較放心了。雖然她一樣會特別在意呼吸，但是她只要跟我忘情聊天就會忘了那麼一回事。繼續這樣保持下去的話，相信只要再過幾天她就不會對什麼詛咒小說那麼在意了。

我跟雙葉分道揚鑣後，我登上長長的坡道前往高中。進到教室，跟同學打完招呼我走到窗邊。

和昨日不同，今日氣候晴空萬里。我把窗戶全打開，張開雙臂開始深呼吸。

吸氣……吐氣……吸氣……

在我持續深呼吸之際，突然想起那篇詛咒文章。為什麼我會變得如此在意呼吸呢？

我一邊想著那個問題一邊走回座位，看到同班同學的神代英梨在我視線範圍內。神代同學站在教室門口，猛盯著我瞧，而且從眼神來看她好像還有點生氣，我趕快將視線從她身上移開。

我跟神代同學感情並沒說很好。當然這並非我跟她有吵過架之類的，是因為她經常獨自一個人行動。

長度及肩的黑色長髮以及剔透無瑕的雪白肌膚，看起來就像個高價的寶貴日本人偶，她的周圍也因此瀰漫著一種讓人難以接近的壓力。

我不知道為何神代同學今天特別在意我的行動。

不久後老師進到教室，神代同學也移動到自己的位置上。

為什麼我會被神代同學瞪呢？

我邊納悶邊拿出第一節課要用的教科書，坐在隔壁的速水翔太拜託我借英文課的翻譯作業給他抄。我跟翔太自中學時代就常在同一個班級裡就讀，他也是最常來找我講話聊天的男孩子。雖然成績不怎麼好又容易得意忘形，在班上是挺受歡迎的。看著翔太合掌不斷低頭懇求的樣子，讓我心裡好上許多，要他午休請我喝瓶果汁當成交換報酬後，我才把英文科的筆記交給翔太。

我讀了那部詛咒小說已過了兩天。

我雖偶爾會在意呼吸，也會怕黑而開燈睡覺，卻感覺不到身體有何異狀。當然，我也沒看過黑羽比那子在我眼前出現。

仔細想想，這是很正常的。已經死掉的黑羽比那子，怎麼可能會用詛咒小說來殺死讀者啊。

雙葉她也越來越有精神，現在能一派輕鬆地笑著說那部詛咒小說是騙人的。

詛咒小說那種東西就忘了它吧。我原本是這麼想的……

那天是星期日，我們一家四口正在一起吃晚餐，客廳電話突然響了起來。從母親接過電話後的樣子來看，應該是在講些嚴肅的話題。

父親也停下筷子，直望著母親。待通話結束，母親眉頭深鎖地說道。

「羽野先生家的女兒好像過世了。」

羽野先生家的女兒？那不就是雙葉曾提過也讀過詛咒小說的惠理子嗎……

此時突然想起玻璃碎裂聲，我才回過神來。我看到雙葉站了起來，面色鐵青。她的身體微微發抖，玻璃杯的碎片在她腳邊四散。

「雙葉……妳還好嗎？」

神情。

雙葉緩慢左右搖晃她的脖子，嘴巴半開，雙頰不停抽動，臉上漸漸露出驚恐的

「啊啊啊啊啊啊啊啊啊啊啊啊啊啊啊啊啊啊啊！」

雙葉發出我從沒聽過的可怕叫聲後登上樓梯，我跟雙親急著追過去，但是雙葉卻將房門上鎖，不打算從房間出來。

父母親認為雙葉是因為惠理子突然死去，雙葉內心才大受打擊、變得不安。

雙葉的確是因為惠理子的死而感到害怕不安。但那並非只是一個好朋友過世，而是因為她自己說不定會死才這樣。

我隔著門呼喊雙葉，同時也有意識地重複呼吸。

這是偶然才對。我一直對自己說，惠理子過世純屬偶然……

結果那天我沒跟雙葉講到任何一句話，跟雙親商量過後，決定到明天之前我們先靜觀其變。母親雖對雙葉的事放不下心，依然出門前往羽野先生家。

好像是有人召集附近鄰居去幫忙什麼事的樣子。

我回到自己的房間，按下電腦的電源。我想要知道更多關於詛咒小說的一切。

我必須找出雙葉的朋友惠理子之死，並非慘遭詛咒之毒手所致的證據。我連上網路後，開始調查有關詛咒小說的資料。

現階段得知的是詛咒小說的作者用了日高由香這個名字。這應該是假名吧？小

說裡面好像也有提過這件事。精通電腦的人只要查一查網頁的網址，或許就能查出作者，但這對身為一個普通高中生的我是辦不到的。

總之得先找到些資訊。我在搜尋引擎打上日高由香或其他詛咒小說登場人物的名字搜尋過一遍，卻沒能發現什麼令人在意的資訊。

至少能知道日高由香現在年齡的話，可以省下一點工夫。但是日高由香的網站上並沒有她的個人資料，上頭有的就那麼一部詛咒小說。

我在電腦前發出嘆息，小說最後雖寫著「本故事純屬虛構」，但是文章裡面日高由香也提過「只要補充說這是虛構的，任誰都會安心」這種話，所以那根本沒意義。

這樣的話，我根本找不著這詛咒小說是唬人的證據。

讀了詛咒小說的人，是不是也會跟我一樣想要一探這作品的真偽呢……

說不定在那群人的朋友裡，有人發現了小說是虛構的證據。

我查看了那些讀過詛咒文章者的個人資料，雖然我看到有的部落格主張小說是虛構的，卻舉不出半個證據。

再這樣下去，陷入恐慌狀態的雙葉也無法相信事情純屬偶然吧。

我邊看著一個名為「風香的個人網頁☆」的部落格，抱頭苦思。

這孩子兩個月前好像也讀過日高由香寫的詛咒小說，但她只曾在日記上寫著「我才不相信什麼詛咒呢」這種話而已。

那時我察覺到有事不大對勁，那孩子在這個月三日後就沒再寫過任何一篇日記了。

部落格首頁右側會有個月曆，光看月曆就能知道主人什麼時候寫過日記。如今這個月已到了下旬，她卻好多天沒寫日記了。看之前紀錄她可是全勤在寫日記的啊……

我切換頁面，跳轉至寫有最後一篇日記的本月三日。

頁面上到底寫了些什麼？

在我讀那篇日記時，我的血液逐漸失去溫度，全身發寒。

那篇日記並非部落格主人所寫。

寫日記的人是主人的哥哥，他在日記裡平淡地報告說——

他的妹妹風香，在這個月二日突然死了。

我為了整頓紊亂的呼吸節奏，持續深呼吸。

除了雙葉的朋友惠理子以外，還有人因為讀了詛咒小說而死……

我翻了翻之前的日記，發現主人風香是個高一學生。

上頭還提到她喜歡運動，想必生前身體一定相當健康。

我駕馭著顫抖的手，繼續搜尋其他讀過詛咒小說者開設的部落格。

我花了兩個小時以上找出八個部落格，雖然上頭並沒有可以判斷該部落格主人已過世的資訊，但其中有兩個部落格已經好幾個月沒更新了。

——這到底是怎麼一回事？

讀了日高由香詛咒小說的部落格主一個死了，兩人已經很久沒更新。在最糟糕的情況下，也有可能是三個人全都死了。

就算皆屬偶然，這樣死亡的機率未免也太高了。話說當主人過世後，家人會將該部落格關閉也很正常。部落格的經營公司可能也會刪除該帳號。

難道，讀過小說而致死的機率其實還要更高？

我突然好想吐，我趕緊用手捂住嘴巴。全身相當緊繃難受，簡直就像黑羽比那子從身後緊緊抱住我一樣……

隔天，只有我一個人出門去。雙葉她一直沒離開房間過，母親也打電話向學校報備她今天不去上課。

說真的，我也想向學校請假。從沒看過的黑羽比那子身影，從昨晚就一直出現在我的腦海裡，害我無法入睡。我憑空想像的黑羽比那子就跟怪物沒兩樣，看著她垂著長髮飄啊飄得接近我的樣子，嚇得我曾數度差點大聲尖叫。

假如這狀態持續下去，我會跟雙葉一樣，整個人變得不正常。

連我在上學途中都會特別在意呼吸。

吸氣……吐氣……吸氣……吐氣……

我只不過像跟平常一樣走路，卻喘得像在跑馬拉松一樣，難以呼吸。在班會跟上課中也是，這樣難以呼吸的狀態一直持續。

我會突然想起詛咒文章。每節下課我都會跑到窗邊一直深呼吸，座位在隔壁的翔太總是以感到不可思議的表情看著我。

放學後，當每個人都滿懷笑靨地衝出教室，只有我挺著沉重的腰桿站起來。

回家後得好好想個辦法跟雙葉說明說明才行……正當我這麼想時，突然感覺背後好像有人在，我回頭一看——

站在那的是神代英梨同學。

神代同學一句話也不說地注視我。我就像中了她那深邃吸引人的雙瞳所施的魔法，停下全身動作。隨後神代同學稍稍皺眉，張開形狀整齊漂亮的嘴唇對我說。

「浦野同學對不起，因為我有些事很在意才會來找妳。」

「喔、嗯，有什麼事嗎？」

「從上禮拜開始我就覺得啊……浦野同學妳是不是做了什麼怪事？」

「怪事……妳指的是哪一類的？」

「像是有沒有去過什麼靈異場所，或是有人出車禍死掉的地方之類的……」

「……妳為什麼要問這個呢？」

「啊，如果浦野同學妳沒有怎樣的話，那就沒關係。對不起喔，我突然問了些怪問題。」

神代同學低頭轉向背對我，我趕快叫住她。

「神、神代同學……」

「嗯，怎麼了？」

神代同學看我保持沉默，便輕輕嘆了一口氣說。

「果然是發生了什麼事對吧……」

「為什麼妳會知道？」

「因為我好像從小就有靈異體質。而且浦野同學打從上禮拜開始，看起來就怪怪的。」

「怪怪的是怎樣？」

「啊，不是說妳怎麼人變了還怎樣，我的意思是從我眼裡看出去，浦野同學的樣子看起來會歪歪的。」

「我樣子看起來會歪歪的？」

「嗯，這種事偶爾會發生。像是班上的男孩子跑去有幽靈出沒的廢棄屋試膽後，那個同學看起來也是扭曲歪斜的，但是等過了一個禮拜他就復原了。」

「那我現在也復原了嗎？」

「如果復原了我就不會來找妳了。畢竟只要講這種話就會被人家覺得妳有問題。」

「那妳是因為看到我樣子看來扭曲，擔心我才跑來跟我說話的啊……」

「浦野同學，並不是那樣。」

神代同學就這麼乾脆地否定我的話。

「是因為妳模樣扭曲得越來越嚴重，我才跑來跟妳說話的。」

在染成一片紅色的教室裡，我對神代同學坦承自己曾讀過詛咒小說這件事。

我暗自期待，如果是具有靈異體質的神代同學，說不定知道什麼好方法來解決這件事。

但是神代同學搖搖頭，說她只能分辨出誰曾跟靈異之事有所關連的人，並不知道什麼解決方法。

我失望沮喪地坐在椅子上，我沒有力氣再站起來了。神代同學看我這樣，便拿出手機說。

「妳告訴我那個詛咒小說的網址，我實際去看過一遍後，說不定能想到什麼好方法喔。」

對於神代同學的提議，我回答她還是別那麼做比較好。

擁有靈異體質的神代同學說，我正面臨著有關靈能方面的麻煩。

雖然那有可能不是詛咒小說所引起的，但是說老實話，除了小說以外我想不到其他可能。

要是那小說真具有效力，這樣神代同學也會遭受到詛咒。

神代同學自己也說她不知道該如何對付詛咒，如果她中了詛咒，就會像我跟雙葉一樣受苦。她注意到我有異狀，還特地來跟我說這件事，我並不希望她受到詛咒。

我默不作聲，神代同學便開始搜尋起日高由香這個名字，找出貼有詛咒小說的網址。然後她完全不聽我的勸，毫不猶豫地點開詛咒小說的頁面。

神代同學的雙眼完全聚焦於手機的畫面上，在只有我倆的教室裡，唯一能聽見的就是神代同學的呼吸聲。

她好像一直看著第一頁那段黑羽比那子寫的文章，放在手機按鍵上的大拇指一動也不動。

果然詛咒就在首頁黑羽比那子所寫的文章裡嗎……

我想時間大概過了約五分鐘後，神代同學如日本人偶整齊端正的漂亮臉孔稍微扭曲，還大大地呼了一口氣。

「這可是真的喔。」

「妳說真的……意思是這真的有詛咒嗎？」

「對，會讓妳樣子看來扭曲的原因就是這個。這可是個威力強大無比的詛咒喔。」

「那……神代同學妳也中了詛咒嗎？」

「這個嘛，雖然我是不知道自己樣貌有沒有扭曲啦，但就我呼吸變得不順這點來看是沒錯的……」

我當下不知道該說些什麼，只能靜靜地看著神代同學。

「妳那什麼表情呀？我可是自願去看那部詛咒小說的喔，浦野同學妳不需要放在心上。不過說真的，我還真沒想到會中了那麼強力的詛咒。」

「……對不起。」

「妳不用道歉啦，而且中了詛咒的話，解開它就好啦。」

「咦！妳剛剛不是說不知道怎麼對付詛咒嗎……」

「剛剛是剛剛。事到如今不去找方法也不行對吧，這也是為了彼此呀。」

神代同學雖然臉色蒼白，眼神卻沒流露出絲毫膽怯恐懼的情感。她抿嘴表情嚴肅，猛盯著手機畫面上顯示的詛咒文章看。神代同學內心之堅強讓我嚇了一跳，而我則對自己如此軟弱感到羞愧。

打從我開始認為那部詛咒小說可能是真的，我便一直害怕詛咒，活在其陰影下。這樣一來，在我被黑羽比那子殺了之前，我會先精神錯亂發瘋吧。

我得變得更堅強才行！

我跟神代同學互相交換了手機號碼跟郵件地址。我們緊緊且大力握著對方的手，約好要一起找出解開詛咒的方法。

回家後，我看到母親一臉擔憂地坐在椅子上。

雙葉今天都沒踏出房門一步。不過把餐點放在她房門前，雙葉會自己在其他人不注意時用餐，這樣或許還讓人比較放心。不過現在一知道詛咒是真有其效力後，該如何對付詛咒問題才是最重要的。

根據日高由香的小說裡面所寫，黑羽比那子會花上幾天時間，一個一個殺死讀過詛咒小說的人。也因此死亡的機率其實很低，但是讀者依然可能會死這點相當可怕。

這簡直就像買了一張獎品是死亡的彩券。總之，不盡快找出化解詛咒的方法不行啊……

我吃過晚餐後，馬上回到房裡打開電腦。我昨天雖然在找詛咒小說純屬虛構的證據，但今天的工作並不一樣。

我開始搜索網路上是否有人化解了黑羽比那子的詛咒。

要是有人成功解開詛咒，如果我寄封電子郵件過去的話，真希望那個人會教我解開詛咒的方法。

但是我一直找不到。

我是搜尋到了幾篇說自己有讀過詛咒小說之人的日記，但日記上面也只寫有「好恐怖」、「這應該是虛構的」等諸如此類如感想般的話。結果別說怎麼化解詛咒了，那天我連個線索都毫無斬獲。

隔天我一開門進到教室裡，神代同學馬上過來跟我說。

「我知道日高由香住在哪了，我還找到了其他資料喔。」

「咦！妳、妳怎麼找到的？我昨天在網路上一直找啊，妳說的那些我一個都沒看到耶。」

「因為我是用爸爸平常在用的付費搜尋引擎，找了一下以前的新聞報導。因為是未成年犯罪，所以名字沒有被報導出來，但是我找到了園田詩織殺了黑羽比那子的新聞。」
「那果然是真的……」
「對啊，不過那件事好像沒有造成話題。可能就像日高由香說的，是園田詩織的家人向媒體施壓呢。」
「話說小說裡面有提到，園田詩織她家境富裕呢。」
「光靠家境富裕要隱瞞那件事的話太難了，說不定他們家人脈也很廣。也可能是被害者黑羽比那子的家人並不希望出現在報章雜誌上。」
神代同學貌似回想起那件慘不忍睹的命案，皺緊眉頭。
「那麼命案是在哪發生的？」
「是××縣的××市喔。」
「那不就是隔壁縣嗎！」
「對，這樣一來就好調查多了。雖然這已經是三年前的案子了，我想只要問問日高由香母校的畢業生，就能了解整起事件的背景因素。」
「不過，光是調查那個就能化解詛咒嗎……」
「知道詛咒為何被做出來這點很重要喔，光靠日高由香寫的小說資訊實在不夠。而且裡面寫的又不一定全都是真的。」
「妳是說日高由香在說謊騙人？」
「我猜大致上都是真的，但她好像很怕自己真實身分曝光。她也有可能把小說裡的登場人物姓名或時間都改掉呢。」

「嗯，雖然讓別人看詛咒文章是不會承擔罪名的，但是像她那樣在網路上散播的話，一定會觸犯眾怒……」

我對日高由香為了保住自己一命，而在網路上散播黑羽比那子所寫詛咒文章之行為感到憎恨。

我拿出手機，進到日高由香的網站，連進詛咒小說的頁面裡，發現計數器的數字比昨天還多了五十以上。光是想到一天就有五十人以上看過詛咒小說，不免寒毛直豎。

那些人該怎麼辦呢？

是心生恐懼怕得發抖嗎？或是覺得那是騙人的而一笑置之？還是他們會跟日高由香一樣，試著讓更多人讀到那部詛咒小說呢……

手機螢幕上顯示著詛咒文，我只是看著文章而已，呼吸又開始變得紊亂。這時後面突然伸出一隻右手搶走我的手機。

「妳幹麼臉色凝重地看著手機啊？」

搶走我手機的，就是那個容易得意忘形的翔太。翔太嘿嘿地笑著，玩著我裝在手機上的貓型吊飾。

「你、你幹麼啦，手機還我啦！」

我的叫聲全班都聽得見。因為手機上顯示的，正是那篇詛咒文。要是翔太看了的話……

「什麼啊，妳怎麼那麼生氣啊。難道這是妳男朋友傳的郵件嗎？」

「才不是咧！」

「那我看也沒關係囉？」

「不行！絕對不行！」

我撲向翔太，打算搶回手機，但是在這之前翔太的視線已經先轉移到手機上了。

「這什麼啊？真是有夠詭異的文章！」

「有什麼關係？只不過是篇驚悚小說，又不是妳男朋友傳的郵件。」

「你為什麼看了！」

「笨蛋！大笨蛋！」

翔太看我真的發怒，就自討沒趣地將手機歸還給我。

「妳這個人真開不起玩笑耶，平常明明就會一起玩得很起勁。」

「那是因為你太幼稚了啦！」

「啊——算了。」

翔太嘟起嘴，走向他的男生朋友群。神代同學擔心地看著翔太的背影。

「不小心被他看到了呢。」

「嗯，不過只有那麼一瞬間，說不定沒事。」

「誰知道呢。日高由香的小說裡面有提到，就算只是稍微瞄了一下也會中詛咒的。」
「神代同學妳看不出來嗎？比如像翔太樣貌扭曲那樣。」
「現在看起來很正常。不過我也遇過幾天後樣貌才看起來變得扭曲的例子。說老實話，我不知道現在翔太同學是否中了詛咒。」
「……真的是個大笨蛋。」
「總之還是先別跟他提有關詛咒之類的事。因為他是男生，可能會覺得沒什麼。假設他知道自己被詛咒了，光是那樣他在精神意志層面可就相當難受了。」
「說得也是……」
我想到自己的妹妹雙葉也是那樣，便頻頻點頭。雖然我不知道翔太是否真的中了詛咒，現在去查那個也沒意義了。現在我能做的，就是化解詛咒。如果我能辦到，翔太就不會死於非命了。
可是，我的願望卻慘遭破滅，無法實現。
隔天班會，班導井上老師走進教室時表情看來悲痛。
「我剛剛接到速水翔太的父親打電話過來，說翔太同學在昨天晚間過世了。」
我用雙手捂住嘴巴，抑制即將從喉嚨迸出的尖叫聲響。班上到處都是同學發出的驚呼聲。
神代同學臉色蒼白，看著我隔壁沒人坐著的位置，看著本該是翔太坐的位置……

「今天我的課就改成自修。還有，班長跟我到辦公室一趟。」

平時老師在教日本史時，講話聲音洪亮響徹班上，還帶有很重的腔調，如今音量卻變小了。待老師離開教室，跟翔太交情不錯的男同學趴在桌上開始啜泣哽咽，為此而哭的女同學也不在少數。

我呆滯地望著眼前這副景象。

我國中時就認識翔太，我們雖然會吵架，但他是我少數能夠自在聊天的異性朋友。說不定翔太他對我抱持著好感，雖然我已經無從得知。

害翔太之所以過世的人，說不定就是我。

我感到呼吸漸漸變得急促，我要呼吸才可以。

吸氣……吐氣……吸氣……吐氣……

神代同學將她那柔軟的手搭在我肩上，那張有如日本人偶整齊端正的臉，正擔心地看著我。

「翔太同學還不見得是因為詛咒過世的，妳先冷靜下來。」

聽著神代同學沉穩話語，我的心情也平靜下來。

「等放學後我們去翔太同學家一趟吧。翔太同學過世讓人感到傷心，但是在哀傷痛哭前得好好確認一下才行。」

神代同學說得沒錯，要悲傷隨時都可以。

現在為了雙葉，還有為了明知危險，依然打算挺身救我，讀了詛咒小說的神代同學，我要振作……

放學後，我跟神代同學一同前往翔太家裡。

翔太家雖然跟我家方向完全相反，還在步行可到的距離範圍內。

翔太家門口聚集了一群像是附近主婦的人，住家裡也有許多人齊聚一堂。

因為每個人看起來都相當忙碌，當我猶豫是否要開口問人時，我聽到附近的鄰居正在談論。

「警察有來過是真的嗎？」

「對啊，聽說警察把這當成異常死亡來處理。翔太他之前看來一直都好好的呀……」

「有人說翔太過世的臉看起來慘不忍睹耶。」

「話說速水太太被救護車送到醫院去了？」

「是啊，好像是看到翔太死了就暈倒了。據說屍體好像曾被什麼東西壓迫，舌頭都跑出來了。」

「他是在家裡過世的沒錯吧？是誰殺了他嗎？」

「怎麼可能！速水先生他們一家感情都不錯啊。」

「不過翔太他還只是個高中生而已，真是可憐……」

我塞住耳朵，不想繼續聽下去。神代同學可能是擔心我吧，她一把摟住我的肩膀說：「今天就先回家吧。我們已經知道翔太同學的情況了，而且他的家人看起來也相當忙。」

我點點頭，不發一語。

夕陽西下，我跟神代同學走在昏暗的路上。路上沒有其他人，我只聽得見神代同學的呼吸聲。

至今在平常走路時，我有聽過別人的呼吸聲嗎……

果然，翔太過世對神代同學可能也是個打擊，抑或是黑羽比那子詛咒的緣故呢？當我在想這些事的時候，神代同學卻開啟一個可怕的話題。

「說不定詛咒的威力變強了……」

「咦？什麼意思？」

「日高由香在小說裡面寫過，黑羽比那子會隔了幾天就殺死一個看過文章的人。」

「對啊，那我知道。」

「浦野同學妳不覺得很奇怪嗎？翔太同學看了詛咒文後，一天就死了喔。這世上還有很多看了詛咒小說的人才對呀。」

「啊……對喔。因為那部小說在網路上已經廣為流傳了。」

正如神代同學說的，加上在雙葉的朋友惠理子之後，連翔太也死了。認識的人在短時間內相繼死去這真的很怪。

「可能在一天內就有兩人，不、說不定是三人以上因黑羽比那子的詛咒而死。」
「可是，如果真死了那麼多人，連那些不相信詛咒的大人也會覺得有異狀吧？」
「日本光是一天就死了三千人以上，三千人裡面有幾個是被詛咒殺死的，沒人會發現。」
「……只要我們很認真地去找人商量，說不定連大人都會相信這件事。」
「妳要把小說拿給商量對象看嗎？」
神代同學這麼說，我哈一聲倒抽了一口氣。只要把詛咒的事情講出來，說不定真會有大人相信我們。但是我們該如何證明呢？
光是一天日本就有超過三千人死亡，要判斷哪些人是中了詛咒而死是不可能的。因為死掉的那些人無法開口說話，說自己是中了詛咒才死的。
會發現這點的人就跟我們一樣。生活圈中有人讀過詛咒小說，然後那些人還真的死去……
「黑羽比那子的詛咒正透過網際網路持續擴散，這樣反而不會分散詛咒的效力。」
「只要日高由香當初不把那種小說貼到網路上，就不會發生這種事了。」
「是啊。日高由香這種行為的確相當惡劣，而且她本人都知道那個詛咒是真有效力的。不過……」
「不過……什麼？」
「我想為了減低自己被殺的機率，而採取跟日高由香一樣行動的人很多。」

「這想法真是可怕……」

「嗯，而且跟日高由香有著相同想法的人，也正在散播詛咒。詛咒的效力可能就是因為這樣才會變得越來越強。」

我想像日高由香為了讓更多人看到詛咒文，在許多留言板上張貼小說的樣子，就忍不住發抖。

「難道真沒有降低自己被殺機率的方法嗎？」

「我想沒有。這個詛咒是黑羽比那子在當高中生時做的，這樣的話，同為女高中生的我們是不可能解開的。」

「但是我們對該如何化解咒語一點頭緒都沒有啊。」

「要利用文字啦。」

神代同學果斷地回答。

「黑羽比那子用文字讓人意識到呼吸這件事，我想詛咒的根基就在那裡。所以我才覺得，要化解這個詛咒也得靠文字才可以。」

「就算這樣，但人家常說『知易行難』啊。」

我話一說完，神代同學就嘆了一口氣。

「總之為了解開這詛咒，要先調查黑羽比那子的事情。」

「也對，既然都知道黑羽比那子讀過的高中了，也知道出事的日期。我想應該很容易找到知道她的人。」

「只要知道黑羽比那子的成長經歷跟個性，就能成為解開詛咒的突破點。我們絕對不能輕言放棄喔。」

神代同學看著我的眼神含有堅強的意志，我也十分贊同她說的。

當時，我看向神代同學的腳邊，發現了一件事。

我發現神代同學她也很害怕。

我發現她掩飾自己的腳正怕得發抖，還激勵我，給我勇氣面對這件事。

神代同學說，只要被靈體纏上，在她眼裡那個人的樣子就會變得歪曲。這麼說的話，我的模樣看來也一定很扭曲。能感同身受體會詛咒之恐懼的人，正是神代同學。

可是她卻顧慮到內心一樣懼怕的我。班上有著這麼溫柔又堅強的同學，我竟然都沒跟她好好相處。

我在班上有很多朋友，但回想起來，我跟那些人的交情並不深厚。

早上見面打招呼，下課時間談天說地，放學後聚在速食店大聊感情話題。就連互傳郵件感覺都像是為了不讓彼此疏遠而必須履行的義務。

可是神代同學卻不一樣，不管契機為何，就跟字面上一樣，她為了單純只是同班同學的我，連命都豁出去了。

我認為在這時，我交到了友誼能維持一輩子的好朋友。

那天晚上，神代同學撥了通電話給我。雖然時間早已超過深夜一點，但這是為了確認我們任何時間都能互相聯絡。而且，如果是神代同學打的電話，我還挺歡迎的。

「我知道黑羽比那子的家在哪了。」

手機傳來神代同學的聲音，難得聽到她會那麼興奮。

「咦？妳是怎麼找到的？」

「我拿出生地跟出生年月日來搜尋後，找到了一個跟黑羽比那子是同學的人所架設的部落格。雖然她們不同班啦。我傳電子郵件問她黑羽比那子的事情後，對方回信說她還記得那件事，然後我就馬上找她聊了起來。」

「她願意跟妳聊天啊？」

「對呀，我們才聊到剛剛而已。」

神代同學好像說她自己是超自然現象研究社的社長，才問出黑羽比那子的事情。黑羽比那子被殺的事情，對當時的在校生造成相當大的震撼，跟神代同學聊天的人也一五一十地告訴她有關資訊。

「然後啊，那個人跟黑羽比那子的同班同學聯絡上後，還幫我問到了地址呢。」

「那妳有辦法跟黑羽比那子的同學聊嗎？」

「那個就不行了，那個人說她不想提到任何有關黑羽比那子的事。光是問住址就花了好大一番工夫呢。」

我朝手機話筒發出能表達我失望的聲響。

「無法跟那位同學聊天雖然很可惜，但是能知道住址我就很高興了。」
「知道住址就很高興？難道妳……」
「沒錯，這個星期日要不要一起去黑羽比那子她家？」
我對神代同學的提議啞口無言。
「妳也不用嚇成那樣吧。去那邊說不定能找到些什麼破解詛咒的提示呢。」
「但、但我們怎麼跟黑羽比那子的家人說啊……」
「沒有家人在啦。那件事情過後，他們就搬到別的地方去了。所以我們要去的是黑羽比那子以前住過，現在則是空屋的家。」
「空屋……」
「反正黑羽比那子隨時隨地都會出現，不管去她家還是待在自己家裡都一樣對吧？」
「話是這麼說沒錯啦……」
我雖然能贊同神代同學的提議，但是要到那個黑羽比那子住過的房子去，果然多少還是會感到抗拒。
「浦野同學，我們現在的生活可是在跟死神作伴喔。我們可能還能活超過一年以上，明天突然就死了也說不定。正因為情況如此，我們才需要盡快寫出能破解詛咒的文章啊。」
「也是……說老實話我很害怕，但也只能去一趟看看了。」

我明明在用手機講電話，卻不斷點頭。
跟神代同學講完電話後，我發現自己全身上下抖個不停。
週日要去黑羽比那子的家……我光這麼想，呼吸就越發困難。
要呼吸。不呼吸不行。
吸氣……吐氣……吸氣……吐氣……

週日當天下著雨。我撐著傘前往集合地點的車站。
綿綿細雨下個不停，醞釀出一股黏膩且沉重的氣氛。感覺每走上一步，具有黏性的液體就沾附在鞋底。是因為我不想去黑羽比那子家裡才會感到如此嗎？
我想起了妹妹雙葉，自從她的朋友惠理子死後，雙葉完全沒去上學。她把自己關在房間裡，有時還會像發瘋似地大吼大叫。
這樣下去，在被黑羽比那子殺了之前，雙葉的心靈會先早一步崩潰。
為了雙葉，我要趕快找出能化解詛咒的文章。我咬緊下脣，邁出步伐走向車站。
搭了兩回電車，我們抵達了黑羽比那子居住過的城市。雨一樣還在下，車站門口的圓環積水積到像個水田似的。我們在車站前搭上等著載客的計程車，車輛向前奔馳，有如在水上滑行。
十五分鐘過後，車子停在某住宅區的入口處。看來黑羽比那子的家就在這一帶。

我們下了計程車，開始找起黑羽比那子的家。可是這附近外觀雷同的房屋眾多，我跟神代同學一直找不到。等我想提議問人時，神代同學停下腳步，猛盯著數十公尺前某間房子看。端正整齊的臉龐有點扭曲，從她的小嘴輕輕吐了一口氣。

「那就是黑羽比那子的家唷。」

「妳怎麼會知道？」

「只要是有點靈異體質的人，都能馬上認出來啦。」

神代同學話這麼說，臉上掛著苦笑。在神代同學眼裡，那幢房子看起來就跟其他家不一樣吧。

我原本打算問神代同學那房屋看起來是什麼樣子，隨後馬上打消該念頭。因為我覺得要是問了，自己就會變得無法踏進那幢屋子裡。

我倆並肩前行，靠近黑羽比那子的家。

一開始令我在意的是左右兩旁。以黑羽比那子家為中心，兩旁住家的玄關門上都貼有「待售」的看板。我稍微移開視線看向旁邊，其隔壁跟裡邊的住宅好像也沒人居住。

黑羽比那子的家隨後即矗立在我倆眼前。

跟附近其他民宅沒兩樣，從外觀看來是幢極為普通的住家。然而，可能是因為多年無人居住，庭院裡雜草叢生，牆壁也褪色發黑。金屬製的大門如今也滿是鐵鏽，連摸個門把我都得再三考慮。

當我依然畏畏縮縮時，神代同學向前踏了一步，打開生鏽的鐵門。門扉響起有如切割金屬時發出的刺耳聲音。

我們從半開的大門側身進入，踏進院子，走向玄關。

可是玄關門上著鎖，看來無法入內一探究竟。在我發呆時，神代同學開始搜起郵箱來。

「神代同學，妳在幹什麼？」

「我們一家在幫上大學的哥哥找房子的時候，我看過房仲業者都會把那個放到郵箱裡面。」

「咦？什麼東西啊？」

「這個啊。」

神代同學得意地拿出貼有膠帶的銀色鑰匙。看來鑰匙是用膠帶貼在郵箱上方的樣子。

「這樣就能進去裡面好好調查了。」

「不過，我們這樣擅自進去沒關係嗎？」

「被逮到的話乖乖道歉就好啦。我們是女高中生，應該沒人會把我們當小偷啦。」

神代同學將膠帶撕下，把鑰匙插進玄關門上的鑰匙孔。發出一聲小小喀嚓聲響後，玄關大門緩緩開啟。

我因感到呼吸困難，用手按住胸口。

黑羽比那子不在這裡……妳要冷靜。只要深呼吸一下，調節呼吸就沒事了。

吸氣……吐氣……吸氣……吐氣……

進到屋子裡，陣陣霉味撲鼻而來，霉味跟梅雨的溼氣和在一起，聞起來的味道就像連空氣都腐敗了一樣。

我們以手捂住口鼻，開始在屋內探索。我們在客廳跟廚房繞了一圈，並沒有任何家電跟餐具，但是餐具櫥或沙發等大型家具還留在原地，好像是在搬家途中丟棄的。

「黑羽比那子的房間應該就在二樓，我們去那邊看看吧。」

神代同學語畢便登上軋軋作響的階梯，我也趕緊跟在神代同學後面。

二樓有三間房間，神代同學卻筆直地朝最裡面的房間前進。那一定就是黑羽比那子的房間。神代同學用力深呼吸後，一口氣打開房間門。

那看起來就像個普通的六坪大房間。裡頭擺有木製的書桌跟床鋪，房間一角有著一疊用繩子綁起來的書，上面都沾滿了灰塵。書籍跟筆記本散落在敞開的衣櫃中。

「這房間好像只有書呢。」

「對啊，牆壁上好像也沒貼過海報的痕跡，完全感覺不到有人在此生活過。雖然可能是因為整理到一半緊急搬家才會這樣。」

「我原本以為會是個可怕詭異的房間呢。」

「是啊，不過這裡面的書，很多都是跟超自然現象有關的喔。」

神代同學指向房間角落書本堆砌成的小山。光是隨便看一眼，跟詛咒相關的書就有十本以上。

其他還有心理學跟哲學類的，都是些高中生讀來也很難懂的厚重書本。時尚雜誌或漫畫之類的休閒娛樂書則是一本也沒有。

我們逐一確認書本裡面的內容。如果發現令人在意的書，我們就把書名跟出版社記錄在手機的記事本裡。

幾乎把房間裡的書都檢查完後，我看到地板上有本筆記本。封面好像曾遇水浸溼過，皺皺的比起其他筆記本厚上一些。拿在手上，還挺有重量的。

我想說裡面會不會夾著什麼東西而打開一看。

一瞬間我在筆記本裡頭見到有顆眼珠在看我。我嚇一跳，身體還抽了一下，待我仔細一看，原來那只是個畫得相當逼真的眼球圖案。那眼球圖看起來是用極細的毛筆以黑色墨水作畫，線條的強弱清晰分明。

圖畫旁邊還擠滿了用相同墨水寫成的「眼」字。

這是黑羽比那子畫的嗎……

我腦子邊這麼想邊看著筆記本時，眼球畫突然瞪大眼睛看了我一下。

我發出尖叫，把筆記本丟掉。

「浦、浦野同學妳怎麼了?」
神代同學聽到尖叫聲，便朝我靠過來。我說不出一句話，只能以顫抖的手指著筆記本。她撿起筆記本，翻開畫有眼球的頁面。
我心裡已做好準備那顆眼珠是否會再度動起來，然而眼珠卻沒有任何變化。
「剛、剛剛那個眼球，瞪了我一下。」
「……妳是說這個眼球圖案動起來了?」
「對、對啊，神代同學在那本筆記本上感應不到什麼東西嗎?」
我一發問，神代同學便盯著筆記本瞧。
「是有種讓人不舒服的感覺啦，但我卻感受不到什麼強大的能量。我不認為這筆記本能引起那種靈異現象的說。」
我邊提防邊偷看筆記本，可是一點也不覺得畫在上面的眼珠會再動起來。
看到眼珠會動是我想太多了嗎……
神代同學就在我腦子裡這麼想的同時，翻開筆記本下一頁。
這次頁面中央畫著一個像是蝸牛的圖案，旁邊一樣寫滿了「耳」這個字。
神代同學感到不可思議，準備翻開下一頁。可是紙好像黏住了，一直翻不開。
她用指甲夾住角落稍微開開的地方，一口氣撕開該頁面。
有白色的東西散落地面。
「這是……什麼啊?」

神代同學用指尖抓起掉在地板上的那些白色碎片，看起來像是直徑約有一公分的薄紙片。白色且稍微透明，表面上好像還有類似圖案的紋路。
那些東西在剛剛撕開的筆記本頁面上，可是貼得滿滿的。
這到底是什麼東西呢？這時，我看神代同學側臉微微扭曲地說。
「……這個……是人的皮啊……」
當下我突然沒聽懂神代同學說的是什麼意思。人的皮……難道這是黑羽比那子的皮膚嗎……
潮溼的空氣好像瞬間冷卻下來。
神代同學臉色蒼白地繼續翻開下一頁，翻開的那一瞬間，神代同學也尖叫了一聲，把筆記本丟掉。
掉在地板上的筆記本所打開的頁面，被塗得一片漆黑。不，在我眼中看起來是那樣，但實際上並非如此。
內頁不是被塗得一片漆黑，而是黏滿了大量的毛髮。
「這、這本筆記本到底是怎麼一回事？」
「這個可能是黑羽比那子拿來舉行什麼儀式用的道具喔。」
神代同學看來冷靜點了，她邊撿起筆記本邊繼續說下去。
「第一頁是眼睛，再來是耳朵，然後是皮膚跟頭髮。說不定她打算把自己的意識跟身體轉移到這筆記本上。」

「那種事辦得到嗎？」
「黑羽比那子她認為辦得到吧。不，實際上她真的辦到了。」
「那……黑羽比那子……就在這筆記本……」
「不，我剛剛說過了，這筆記本並不具有能夠致人於死地的威力。這看起來只像是個空殼。」
「空殼？」
「意思就是黑羽比那子已經不存在於這筆記本裡了，雖然很可惜啦。」
「……這很可惜嗎？」
「如果黑羽比那子還活在筆記本裡的話，就把整本筆記本燒掉就好了啊。」
「啊……」
「黑羽比那子把她自己從受癌症侵蝕的身體，移動到這本筆記本上。然後又因為某個事件成了契機，使她成功脫離筆記本……」
神代同學皺起眉頭，一頁又一頁地迅速翻過筆記本。
「果然其他分頁也有身體器官的名稱，像是心臟跟指甲之類的。」
「那麼指甲……」
「嗯，指甲就貼在這頁上頭。不過心臟當然是貼不上去的啦。」
我強忍住快湧上而爆發的噁心感，將視線朝向筆記本。數百個已變了色的半月型指甲就這麼黏在紙張上，周圍也寫了很多「指甲」這個字。由於線條看得出強弱淡薄，想必這也是用毛筆沾墨水寫的吧。

「話說黑羽比那子為什麼要用毛筆寫字呢？用原子筆寫起來分明比較輕鬆啊……」

「對耶，說不定是有非用毛筆不可的理由存在。」

「會是用毛筆寫才能把力量灌進去嗎？」

神代同學搖搖頭否定我的疑問。

「……好像不是那樣。」

「不是那樣……那妳知道她為什麼要用毛筆的原因了嗎？」

「嗯，我剛剛知道了。這跟毛筆無關，原因在於墨水上。」

「墨水？」

「這個墨水……可是有摻血的的，摻了黑羽比那子自己的血……」

聽了神代同學說的話，我拚命吞回逆流而上湧至喉頭的胃液。

我們將黑羽比那子可能用於儀式上的筆記本攜回。

我們也決定，把在場所發現的數本黑羽比那子研究詛咒時用的書放入手提包中，一併帶回。

雖然這已經是間空屋了，私自拿取別人的東西回家總是不太好意思。但這些書有可能成為破解詛咒的線索，所以這也是無可奈何的。

我們離開黑羽比那子的家後，為了搭乘計程車而走向大街。
雨一樣在下，我們精神卻相當振奮，因為我們獲得了可能解開黑羽比那子詛咒之謎的關鍵筆記。再來只要研究筆記本，寫出能化解詛咒的文章，我、神代同學跟雙葉就能免於一死。
我跟神代同學在車站前分道揚鑣，踏上歸途。我的手提包裡放著一本黑羽比那子的筆記本，神代同學則負責研究用在儀式上的筆記本跟其他本子，我也得從手中這本簿子找出化解詛咒的提示才行。
回到家後，母親笑容滿面地出門迎接我回家。我已經好久沒看到母親如此高興了。
母親在我耳邊悄悄地說。
「雙葉她終於出房間囉，她現在在客廳。」
一聽母親這麼說，我馬上跑向客廳。打開門後，我聽到的是雙葉的笑聲以及小貓的叫聲。
事隔多日看到雙葉，她明顯削瘦不少。但她現在看起來卻很有精神，還笑著跟父親一起餵養小貓。雙葉看到我回來，便抱著小貓走過來說。
「這是我在公園撿回來的唷，很可愛吧。」
「喔、嗯，對啊……」

我對雙葉她貌似忘記詛咒這回事的態度感到驚訝。我將視線投向小貓。

這小貓是頭茶白兩色混雜的母貓，我一摸小貓的喉嚨，牠就發出呼嚕呼嚕的聲響。在我看著雙葉跟小貓玩耍時，母親走到我身旁。

「我想說要把雙葉撿到的這頭小貓留下來養，如果雙葉會因為這樣變得比較有精神的也很好。」

「是啊，這方法不錯。」

我看著雙葉開心歡笑的樣子，鬆了一口氣。我不知道雙葉的心境產生了何種變化，但是她那麼有精神，我看了也很高興。希望在我寫出破解詛咒的文章前，雙葉能一直忘記詛咒的事情。

我從當天晚上開始研究黑羽比那子的筆記本。

筆記本裡有著一堆我從沒看過的數學式子跟看來不吉祥的文字。

我不知道這裡面蘊含著怎樣的意義，其他的分頁上更是擠滿了阿拉伯數字的0和1。另外還有用外國文字直書寫成的頁面，其中還夾雜了幾個像是「死」與「呼吸」等漢字。

除此之外，還有一些像是黑羽比那子隨筆記錄所寫下的東西，但是光看詞彙的排列，我實在無法理解其中意義。特地到黑羽比那子家裡，還把筆記本帶回家了，再這樣下去可能連個線索都找不出來。

結果那天我只能把看來令人在意的地方貼上便條紙做記號而已，什麼都辦不到。

星期一早上，我獨自一人出家門上學。雖說雙葉已經願意走出房門了，但我的父母覺得現在讓她回學校還太早了。

我一進到教室，神代同學馬上過來找我。她好像也研究黑羽比那子的筆記到很晚的樣子，兩眼布滿血絲。

「浦野同學，妳有發現什麼嗎？」

「抱歉，我現在只找出了一些令人在意的點而已。」

「我這邊可發現了一些東西喔。不過講起來會很花時間，等放學後再說吧。」

神代同學拍了我肩膀一下，就回到自己的位置上。

等班上同學都放學回家後，我跟神代同學在教室裡開始分析筆記本。

「筆記本第一頁上面寫的都是跟呼吸有關的東西，像是口呼吸跟鼻呼吸，其他還有跟肺部功能有關的筆記資料呢。」

「也就是說，黑羽比那子她相當執著於呼吸囉？」

「答對了。我們都知道這個詛咒主要就是讓人意識到呼吸這件事，但是她卻把重點放在口呼吸上。」

「所謂口呼吸就是用嘴巴呼吸對吧？」

「對，口呼吸跟鼻呼吸不一樣，危險多了。我也聽過口呼吸無法完全吸收吸進來的氧氣這種說法呢。看了詛咒文後，等妳察覺時就會發現自己口呼吸的頻率變高了，這妳也知道對吧？」

我默默地點頭。

我也因為親身體驗才知道自己口呼吸的次數變得頻繁。

「自黑羽比那子死後，詛咒由一變為二。一是讓中咒的被害者意識到呼吸，自己害死自己。二是被已非人類的黑羽比那子殺死。」

「兩者都是很討厭的死法呢。」

「對，然後黑羽比那子的詛咒又會因為犧牲者增加，威力演化得更為強大。」

「只要把貼在網路上的那些詛咒刪除就好了嘛……」

「那不可能吧。就算文章被刪了，要是有人跟日高由香抱持著相同想法，為了自己的命而不顧他人死活的話，文章還是會被貼上去的。」

「……那還真是個討人厭的想法。」

「因為死亡就是那麼可怕啊。好像還有人在用錯誤的詛咒轉移法來化解自己身上的詛咒呢。」

「詛咒轉移？」

「也就是把詛咒轉到他人身上的方法。這方法好像在喜歡讀詛咒小說的讀者群中很流行，在網路上也曾稍微引起話題過呢。」

「妳說那個方法是錯誤的嗎？」

「是錯的啊。因為那個方法是把詛咒文拿給貓看。黑羽比那子對不識字的人不管用，也就是說給動物看一點意義也沒有。」

「貓……」

我的背後頓時有什麼東西輕拂而過。

貓……貓……該不會……

「神代同學……妳說的那個錯誤的詛咒轉移法，是怎麼進行的？」

「我在網路上看到的是說，先在木箱裡頭貼滿詛咒文章，然後把貓在箱子殺死。說是因為貓會把死前最後看到的詛咒文章烙印在視網膜上，這樣就可以把詛咒封在屍體裡。」

「把貓殺死……」

「真是可笑。明明只要稍微動腦想一下，就會知道這是在騙人的了。人被逼到走投無路時，可能就會不自覺地相信那種道聽塗說的方式呢。」

神代同學說的話我並沒有聽到最後。我立刻抓起書包，趕緊跑離開教室。

父親跟母親好像還沒回來，家裡一片寂靜。我偷偷摸摸地登上通往二樓的階梯。

我敲敲雙葉的房門，卻沒任何反應。我轉過門把，門好像沒上鎖的樣子，輕輕地就打開。

房裡不見雙葉的身影。然而，桌上卻有著一個長寬約三十公分的木箱。

難道雙葉在網路上找到了詛咒轉移法，然後……突然有股令人身體發麻的感受湧上，彷彿全身上下爬滿了蟲子一樣。

我慢慢地靠近書桌，鼓起勇氣打開木箱的蓋子。就在打開蓋子的瞬間，貼在木箱內側的詛咒文章映入我的眼簾。

約有數十張的詛咒文以漿糊之類的東西貼附在箱子裡，然後箱子底部有一顆以含怨憎恨的表情看著我的小貓頭。

我昨晚才摸過的喉頭處流出黑濁血液，徹底染溼了整個箱子的底部。我趕快摀住嘴巴，立刻衝下樓梯，飛奔至洗臉臺反覆嘔吐。

小貓空洞的眼睛不停出現在我腦海之中。那麼溫柔可人的雙葉，竟會做出如此可怕殘酷之事。

那時背後傳來聲響。

我回過頭，發現雙葉笑咪咪地站在那裡。她左手提的塑膠袋裡好像裝有什麼塊狀物體，半透明的袋子底部更積有紅色液體。

「雙、雙葉……」

「姊姊，我解開詛咒囉。」

雙葉笑笑的，露出白色牙齒。

「等我把這屍體埋到院子裡，下次我就把姊姊會用到的小貓抓來，妳再多等一下喔。因為西邊的公園好像有野貓生小孩了，我想應該很快就抓得到喔。」

雙葉話一說完，突然大聲地笑了出來。尖銳的笑聲直接貫穿我的腦門，雙葉以前從來沒這麼笑過。

我只能茫然地呆望著雙葉大笑且甩動手上那包滿是鮮血的塑膠袋。

結果雙葉住進了我們市內的醫院。雙親回家後，雙葉依然不停狂笑，還打算拿著把大剪刀外出。我們無法放任雙葉這樣下去。

父親問我知不知道為何雙葉會變成那樣。

但詛咒文章的事萬萬說不得。

一說出來，父親可能也會看到黑羽比那子的文章。至少在還無法破解詛咒時可說不得。

我再次體認到黑羽比那子詛咒的恐怖。一是讓人意識到呼吸使其精神崩潰，二是黑羽比那子直接殺了被害人。無論是何者，都難以證明其真實性。

在證明之前，連找人商量討論都辦不到。

詛咒就在這時如傳染病似地到處擴散傳播，隨著犧牲者數量增加，黑羽比那子的力量便更加強大。

我必須盡快寫出能破除詛咒的文章。

就算雙葉她已經瘋了，我也無法保證黑羽比那子不會來殺了她。

那天晚上，神代同學可能是擔心我為什麼會向學校請假，打了電話給我。

我把雙葉的事告訴她後，聽筒另一端傳來一聲長長的嘆息。

「雙葉現在就只能交給醫生照料了。我們能做的，就是化解這個詛咒。」

「……對啊，我們得好好做自己所能做的。」

「是啊，明天妳會來學校吧？」

「嗯，我會去喔。」

「那明天學校見囉，我可是知道了很多跟詛咒相關的東西呢。」

我掛斷電話走出房門，聽見一樓傳來母親的哭聲。她一定是為了雙葉的事嚎啕大哭。

我放棄下樓，轉身回房。我可沒有時間沉浸在哀傷的氣氛裡。

我跟神代同學從隔天開始創作破解詛咒的文章。我們最初都利用午休時間的校園以及放學後空無一人的教室進行，由於時間不夠。我們在家裡的電腦裝上視訊攝影機，再利用聊天軟體創造出一個就算在深夜也能互相討論的環境。

神代同學將許多文字排列組合給我看來測試效果。這是具有靈感應的神代同學才能辦到的事情，好像隨著排列組合結果不同，我扭曲的樣子也有些微的變化。當然這對沒有靈感應的我來說，無從判斷哪裡不同。

不過我也會透過電腦螢幕，向神代同學表達呼吸困難程度起了變化等自身意見。我認為神代同學真的很厲害。

她並非只有靈感應跟能辨別慘遭詛咒之人的雙眼而已，就算發生任何事，她也能保持冷靜分析情勢這點也很厲害。她還能從黑羽比那子家帶回來的筆記本中，看穿黑羽比那子打算將自己和詛咒同化以獲得永恆的生命這件事。

而且神代同學她還發現，黑羽比那子其實失敗了。

這我雖然無法理解，但是她說在黑羽比那子把自己跟詛咒同化的儀式中，有個致命性的缺陷。

黑羽比那子她現在的確並非以人類之姿存在這世上。可是跟她仍為人類時不同，她的意識現在好像正受到詛咒的支配。

「現在的黑羽比那子並無法遵照自己的意志行動，成了一個只會殺死看過詛咒文章讀者的存在。」

神代同學是這麼說的。

「黑羽比那子是在瘋狂的狀態下於世上遊蕩。如果她的意識正常，她就不會隨機殺了看過詛咒文的人，日高由香可能早就被她殺了。她連一心想破解詛咒的我們都能立刻殺死。」

我只能頻頻點頭，對神代同學的分析能力表示贊同。然後，神代同學發現了化解詛咒的線索。

神代同學判斷光以文字來化解黑羽比那子的詛咒相當困難。她想到的方法是，把文字寫在色紙上以增強破解詛咒的效果。

這方法好像是她觀察我看著不同色紙上寫的相同文章時，扭曲的模樣會產生變化所發現的。

這麼一來，破解詛咒的準備工作已就緒。

可是，問題就在接下來的部分。為了寫出能破解詛咒的文章，文字大小、留白以及要以哪種格式書寫，甚至是否得用手寫都是必須考慮進去的因素。

而且為了組合文字所使用的配色更有上萬種。

神代同學更斷言，如果不從中找出最適當的組合，將無法破除黑羽比那子的詛咒。

「為數眾多的人因黑羽比那子的詛咒丟了性命。人死於如此不合理且荒謬的死法後，將化為怨恨，成為跟詛咒一體化黑羽比那子的能量，就跟食物一樣。」

「食物……」

「所以為了讓黑羽比那子從這世上消失，只要斷絕她的能量來源就行了。我們寫出化解詛咒的文章後，會被黑羽比那子殺死的人數便會減少。最後能量會耗盡，黑羽比那子也隨之消滅。」

電腦螢幕上，畫面中的神代同學嘆了很大一口氣。

「再來就是比誰的速度快了。看是我們先把文章寫出來除咒，還是先被她殺死……」

我在電腦前吞嚥口水。

黑羽比那子的詛咒威力會隨著犧牲人數攀升增強。現在慘遭她毒手的，一天內可能就有三人以上。一想到讀了詛咒小說的被害者性命就掌握在我們手上，連睡覺都覺得是浪費時間。

在暑假開始前，命中註定的日子終於來臨。

某天我透過網路攝影機跟神代同學討論文章跟配色的組合。我們已經試過了上千種組合方式，但沒有一個是神代同學點頭說可以的。的確，做出半吊子的東西也是沒意義的。

得趕快寫出更強力的文章以及增強文章效果的配色才行……

過了凌晨三點，電腦喇叭傳來神代同學的聲音。

「今天就先到這裡為止吧，如果把身子弄壞了也沒意義。」

「也對，我也開始想睡了，今天就差不多這樣吧。」

「有睡意是好事。表示妳開始不那麼在意呼吸了。」

「這也是我們寫出來的文章所造成的嗎？」

「可能是喔。雖然文章尚未完成，但我們知道那多少有點效果。」

「就差那麼一點了。」

「嗯，而且快放暑假了。放假時我們就可以整天一起研究詛咒。而且是面對面討論，並不是透過攝影機。」

「對呀，網路攝影機是很方便沒錯，不過一些驗證類的工作還是實際見面做會比較好。」

我用手指敲了敲攝影機。

「那明天學校見囉，浦野同學妳可別遲到喔。」

神代同學露出微笑，從畫面上消失。

隔天早上我進到教室後，發現神代同學還沒來學校。

明明囑咐我別睡過頭，神代同學竟然自己遲到。

等神代同學來後我要好好訓她一番。

當我這麼想而獨自一人竊笑時，教室門突然開啟。

在門口的是臉色蒼白的班導井上老師。

井上老師默默地站上講臺，數度欲言又止。

老師看起來就是一副不知道該從何說起的樣子，不停搖頭。

是怎麼了呢……

我只有在翔太過世的時候，才看到井上老師表情那麼難過。

翔太過世的時候……過世的時候……自己的學生過世的時候！

我的左胸噗通一聲。

我像個壞掉的機器人似的，僵硬地轉頭望向神代同學的座位。

神代同學她並不在那裡。
我突然感到呼吸困難。
呼吸……要呼吸才行。
吸氣……吐氣……吸氣……吐氣……
我拚命吸入空氣，緊盯著井上老師的嘴唇。
拜託事情不是我所想的那樣。拜託……
井上老師用微弱的音量輕聲說出。
「……神代英梨她過世了。」
我在那瞬間所發出的慘叫傳遍教室每個角落。

神代同學葬禮結束隔天，我再次著手進行創作破除詛咒文章的工作。
雖說已進入暑假，我的雙親相當擔心我把自己關在房間裡足不出戶，但我可沒那閒工夫去煩惱父母親他們是怎麼想的。
神代同學被黑羽比那子殺了。就算再怎麼悲傷，神代同學也回不來了。這樣我能做的，就只剩做出能化解詛咒的文章，消滅黑羽比那子而已。現在沒了神代同學，現在只能靠我自己對文章的感覺了。
我一邊用馬表來記錄自己的呼吸次數，一邊繼續創作。
我到底試了多少種文字組合呢？我到底試了多少種配色呢？

我不斷忍受著快窒息死亡的痛苦，終於做出了能破除黑羽比那子詛咒的文章。

一看那文章，我覺得自己的呼吸順暢不少。我雖然還是會意識到自己的呼吸，但是當我看著文章，整個人呼吸自然而然地就變得沒那麼倉促了。我一個人緊緊抱著剛完成的「護身符」哭泣。

要是文章能早點完成，神代同學也不用死了……

我拿著護身符前往妹妹雙葉的病房。可是雙葉看了護身符後，並沒做出任何反應。果然，讓身心崩潰的人看護身符是沒用的。我只能失落地離開醫院。

只要我再早一步……再早一步……

隔天我馬上架設了一個新網頁，那是給讀過詛咒小說者專用的網頁。

我在上頭寫著「有意者我將郵寄能破除黑羽比那子詛咒的護身符」，並附上一個電子郵件信箱地址。

一開始，前幾天都沒什麼動靜，過了一週後，一天都能收到好幾封索取護身符的信件。

他們來信一定都是抱持死馬當活馬醫的想法。我用父親房裡的噴墨印表機印出護身符，郵寄給索取者。隨著詛咒的犧牲對象一點一滴慢慢減少，黑羽比那子的力量也會慢慢減弱才對。

自從我設了網頁後，過了兩週。某天當我在檢查新信件時，其中一封信的內容讓我大受打擊。

那是一封女國中生所寄的信。

信中內容除了提到希望我寄護身符給她，另外還寫說這樣一來，她就不必讓朋友看詛咒文，並且把文章貼在他人的留言板上了。

這是……怎麼一回事……

這女的竟然為了想讓自己得救，從以前到現在持續散播詛咒……

我發送護身符的目的，並不是為了拯救那種女人！

我把預計要寄給那個國中生的護身符撕爛。說不定就是這女的在雙葉的留言板上貼詛咒小說連結的。

我無法壓抑住心頭的憤怒，不停地在房間裡繞圈子走。

然後我發現一件事。那就是散播詛咒的，並不只有這個女的而已。會寄信給我的，都是發現詛咒真有其效力的人。這樣那些人直到我做出護身符之前這段時間，是怎樣逃過詛咒的威脅呢？

對的，沒有護身符的話，要逃過詛咒就只有一個方法。也就是讓別人讀過詛咒文，讓自己死的機率降低。

因為世界上淨是這種人，黑羽比那子的詛咒才會如此蔓延。我不知不覺地笑了出來。我到現在還不知道自己當初為什麼會笑。

我只是突然覺得很好笑罷了。

××先生。

你以為我會把破除黑羽比那子的詛咒寄給你嗎？

可惜的是，我已經不想寄護身符給任何人了。

說不定你很在意既然如此我為什麼還要寄這封信。

那是為了要讓你馬上看這封信。

因為對於正在等候護身符寄達的你，只要看到郵筒裡有「浦野祐子」寄來的信，一定會馬上打開來看……

為什麼我要這麼做？

因為你可能是散播詛咒的共犯之一。

你為什麼想要我做的護身符呢？

不是因為你知道那個詛咒是有效力的嗎？

如果是這樣的話，那你是不是為了自保，而讓某人看了詛咒小說呢？

是你在我妹的留言板上貼詛咒小說連結的對吧？

不對，就是你這傢伙。就是你這混蛋殺了我朋友神代英梨，害我妹崩潰的！

××嗚哇××啊啊啊啊啊啊啊啊啊××嗚！

××先生。

你現在說不定會覺得我就在你背後。你有聽見我的呼吸聲嗎？

吸氣……吐氣……吸氣……吐氣……

啊，請你別回頭。

你一旦回頭，我得馬上揮下手上這把在附近五金百貨買的鐮刀才可以。還請你耐著性子，冷靜讀完這封信。

都讀到這裡了，想必你沒發現這封信的信封上並沒有蓋上郵戳。要是你發現信封上沒郵戳，這樣我必須在還有機會讓你懺悔前殺了你呢。真是太好了。

我不知道你是在住家哪邊讀這封信的。但是你在讀這封信的同時，我一定就在你的背後。

請冷靜下來。

只要你不亂來，維持現在的姿勢看著這封信，我就不會揮下手中的鐮刀。

我可以馬上殺了你。但是這樣你就不會好好反省自己曾助紂為虐去散播詛咒。

我希望你能真心悔改。

只要你能打從心底好好反省，死後一定能上天堂的。相信神代同學她也會原諒你的。

××先生。

謝謝你願意讀完那麼長的一封信。等你讀完這封信後，還請緩緩閉上眼睛。然後為自己散播黑羽比那子詛咒一事道歉。

等你話一說完，我會馬上揮下這把鐮刀。請你放心，我會瞄準脖子砍下，你不會感到任何疼痛。要是你抵抗，說不定只會讓自己死去花上更多時間，反而更痛苦……

我再來會把索取護身符的人一個一個殺了。郵件裡面都有寫上地址，而且要進到防盜設施不周全的住家或公寓其實簡單到令人意外。

就像你家這樣……我殺了你後，因詛咒而死的人變少了，黑羽比那子的力量也會減弱。這是最好的辦法。

知道詛咒確實能殺人的日高由香，總有一天也會寄信給我索取護身符。那時候我就能殺了造成詛咒連鎖效應的罪魁禍首。

不對，說不定你就是日高由香呢。

雖然事到如今，你是誰已經不重要了。

我想啊，與其死在黑羽比那子的殘酷詛咒下，由我殺了你會比較快活喔。

我也知道你可能沒散播過詛咒。

但要是我還在意那麼點小事的話，就永遠也殺不了在這世上散播持續詛咒的幫凶了。

還請你為了讓黑羽比那子從這世界上消失而犧牲自己。
假如你是無辜的，請容我在最後附上一句賠罪的話。
「對不起。」

浮文字

對不起

（原名：ゴメンナサイ）

著　者／日高由香
發 行 人／黃鎮隆
副　理／洪琇菁
執行編輯／丁玉霈
企劃宣傳／邱小祐、劉宜蓉
文字校對／施亞蒨

譯　者／羅愷旻
副總經理／陳君平
國際版權／黃令歡、梁名儀
美術總監／沙雲佩
美術編輯／李政儀
內文排版／謝青秀

出　版／城邦文化事業股份有限公司 尖端出版
台北市中山區民生東路二段一四一號十樓
電話：（〇二）二五〇〇—七六〇〇
傳真：（〇二）二五〇〇—二六八三
E-mail：7novels@mail2.spp.com.tw

發　行／英屬蓋曼群島商家庭傳媒股份有限公司城邦分公司 尖端出版
台北市中山區民生東路二段一四一號十樓
電話：（〇二）二五〇〇—七六〇〇（代表號）
傳真：（〇二）二五〇〇—一九七九

中彰投以北經銷／楨彥有限公司（含宜花東）
電話：（〇二）八九一九—三三六九
傳真：（〇二）八九一四—五五二四

雲嘉經銷／智豐圖書有限公司 嘉義公司
電話：（〇五）二三三—三八五二
傳真：（〇五）二三三—三八六三
客服專線：〇八〇〇—〇二八—〇二八

南部經銷／智豐圖書有限公司 高雄公司
電話：（〇七）三七三—〇〇七九
傳真：（〇七）三七三—〇〇八七

香港經銷／一代匯集
香港九龍旺角塘尾道六十四號龍駒企業大廈十樓B&D室
電話：（八五二）二七八三—八一〇二
傳真：（八五二）二五八二—一五二九

新馬經銷／城邦（馬新）出版集團Cite（M）Sdn. Bhd.
E-mail：cite@cite.com.my

法律顧問／王子文律師 元禾法律事務所
台北市羅斯福路三段三十七號十五樓

二〇二一年三月二版一刷

■中文版■

郵購注意事項：
1.填妥劃撥單資料：帳號：50003021戶名：英屬蓋曼群島商家庭傳媒(股)公司城邦分公司。2.通信欄內註明訂購書名與冊數。3.劃撥金額低於500元，請加附掛號郵資50元。如劃撥日起 10～14日，仍未收到書時，請洽劃撥組。劃撥專線TEL：(03)312-4212 ・ FAX：(03)322-4621。E-mail：marketing@spp.com.tw

國家圖書館出版品預行編目(CIP)資料

對不起 / 日高由香作；羅愷旻譯. -- 二版. --
臺北市：城邦文化事業股份有限公司尖端出版
出版：英屬蓋曼群島商家庭傳媒股份有限公司
城邦分公司尖端出版發行, 2021.03
面； 公分
譯自：ゴメンナサイ
ISBN 978-957-10-9377-2（平裝）

861.57 110000180